ぼくたちがコロナを知らなかったころ

吉田修一

集英社文庫

目次

ぼくたちがコロナを知らなかったころ

人気のない作家 in 上海

いやいや、だから……言わんこっちゃない。

このセリフ、今年（二〇一六年）の八月に招待してもらった上海《シャンハイ》ブックフェアの詳細スケジュールが届いた時の僕のセリフなのだが、言った相手は『翼の王国』でのこの連載にもたびたび登場する（ホーミーが歌えたり、ロシア語が話せる）担当編集者・茅《かや》原秀行《はらひでゆき》氏である。

ちなみにブックフェアというのは、世界中のいろんな都市で催される大規模な本の見本市のようなもので、その国はもちろん、世界中から作家たちが集まり、サイン会や討論会を開いたり、トークイベントなどをやったりする。

実はこの手のものがあまり得意ではなく、毎年のようにいろんな国のブックフェアからお誘いを受けるのだが、これまでは遠慮することが多かった。しかし、今回上海に誘ってくれた中国の担当編集者・田肖霞《テイエンシャオシャ》さんが、わざわざ日本にまで挨拶に来てくれるような熱心な方だったこともあり、たまにはお誘いを受けてみるかという気持ちになった。ただ、この手の仕事で海外に行くと、着いた瞬間から帰るまで、ぎっしりと予定を入れられてしまうことが多い。

そこでまず担当の茅原氏に、「行くのは楽しみなんですけど、なるべくゆるーいスケジュールでお願いしますよ」と頼んだ。すると、数週間後に送られてきたスケジュールが、こちらの思惑以上にスカスカなもので、「あご足つきで呼んでもらった上に、こんなにのんびりしたスケジュールだと、ちょっと向こうの出版社の方々に申し訳ないですよねえ。それに……、なんか、人気のない作家みたい……」なんて失礼なことを茅原氏が言う。

でも、実際そう見える。

「もうちょっと入れてもらいましょうか?」

と僕。

「そうしましょう。だって、空いた時間やることないですよ。この時期の上海は三十五、六度で、出歩いて観光ってわけにもいかないみたいだし。やっぱり、取材なんかの予定をジャンジャン入れてもらいましょう!」

「いや、いや、そう言うと、本当にすごいことになりますって」

「大丈夫ですよ。こんなゆるいスケジュール組んでくれる優しい人たちだから」

「まあ、そうかもしれないですね……」

と呑気《のんき》なやりとりをしたことを、のちのち悔やむことになる。

さらにこの数週間後、今度は「え？」と目を疑うような過密スケジュールの予定表が送られてきたのだ。

茅原氏が実際にどう伝えたのかは知らないが、おそらく「もっと取材を増やして大丈夫ですよ」（くらいのことが）↓「作家がこちらでの取材を希望している」↓「宣伝に協力したいという作家の気持ちに自分たちも必死に応えなければならない」↓「可能な限り、雑誌やウェブ媒体に声をかけよう」となったのだと思う。

その結果、三泊四日の旅程で、オフィシャルのオープニングセレモニーや座談会、二回のサイン会と中国の著名脚本家・史航《シーハン》さんとのトークイベント、また世界中から集まってきた詩人たちの朗読会といったイベントの他に、なんと雑誌やウェブ媒体の取材が十四件も入っていた。

このスケジュールがどれくらい過密かというと、三泊四日の旅行中、個人的にホテルの外に出たのがたったの一回、コンビニにミネラルウォーターを買いに行っただけ、と言えば、この大変さが少しは伝わるだろうか。

まあ、とにかく大変だった。

初日、夕方上海に到着すると、ホテルにチェックインしてすぐに移動し、教会のような（とても雰囲気はあるのだが、冷房がない！）会場でのオープニングセレモニー。この日は一応これだけだったが、とにかく真夏の上海の夜に冷房なしで二時間も三時間も閉じ込められると、さすがに体力が消耗する。おそらく僕らが日本語で、「暑い、暑い」と百回は言ったと思うので、会場内には、中国語はもちろん、英語、フランス語、イタリア語、韓国語、ロシア語……、と世界各国から集まった人たちがそれぞれの言葉で、「暑い、暑い」と言っていたはずだ。

二日目からは順調に（？）取材が始まる。ホテルや施設の会議室で取材に応えながら、その合間に、トークイベントがあり、サイン会までやる。それも日本ではなく、中国である。

正直、自分がどこで何をしているのか、一瞬分からなくなることが多々あった。

その流れで、三日目も怒濤《どとう》の取材ラッシュとサイン会。

へとへとになった最終日にも、空港へ向かう直前までホテルのレストランで取材を受けた。

ただ、本当に不思議なのだが……、というか、ここまで大変だったと書いておいてなんなのだが……、いま思い返してみると、この上海旅行がもう楽しくて楽しくて仕方なかった思い出としてしか残っていないのである。

いや、実際、本当に大変だった。取材を受ける僕も大変なら、インタビューアーと僕の間で、日本語と中国語で喋《しゃべ》り続ける通訳の廖 婧《リャオジン》さんなどさらに大変なわけで、僕やインタビューアーには休憩があるが、彼女にはそれがない。

三日目の夜など、みんなで入った広東《カントン》料理のオシャレレストランで、さすがに許容範囲を超えたのか、「私、もう何も話しませんから！　話したければ英語でお願いします！」と仕事をボイコットした。

と書くと、なんか険悪な雰囲気だったのだろうと思われるかもしれないが、それがもうまったくの逆なのである。

過酷な日程をこなすワンチーム。みんな疲れ切っているから、廖婧さんの気持ちは分かるし、そう言って無言で雲呑《ワンタン》スープを啜《すす》り始めた廖婧さんの姿がもう可笑《おか》しくて可笑しくて仕方ない。

今回のこの過酷な上海旅行が、楽しい思い出になっているのは、ひとえにこの通訳の廖婧さん、そしてずっと一緒にいてくれた出版社の盧茗さんのおかげだ。

とにかく、二人とも明るくて、よく笑う女性たちだった。

その笑顔には、僕ら旅人を心から歓迎しているという気持ちが滲《にじ》み出ていた。それがはっきりと伝わってきていたからこそ、僕は上海という町が一瞬にして好きになったし、好きになった上海に暮らし、サイン会に並んでくれる読者の人たちが、愛《いと》おしくなるほどだったのだと思う。

三日目の単独でのサイン会はブックフェア会場の巨大ステージで行われた。どれくらい巨大かというと、三百人のお客さんがぐるっとこのステージを取り囲んでも、さほど混雑して見えないくらいに巨大だった。

ありがたいことに用意した三百冊は即完売した。

お国柄だと思うが、「とにかく早く早く」と流れ作業でのサインだったが、それでも三百人一人一人の読者と目を合わせた。

「謝《シェイ》謝《シェイ》、謝謝」と三百回、礼を言った。

そして、「謝謝、謝謝（上海に来てくれてありがとう）」と、三百人が言ってくれた。

廖婧さん、盧茗さん、また上海に行きますね。今度はもっともっと過酷なスケジュールでお願いしますよ！（笑）

いつも良い方にハズれる天気予報

十二年に一度の幸運期。が、とうとう終わってしまった。

ちょうど昨年（二〇一五年）の誕生月から今年の誕生月までの丸一年、この「十二年に一度の幸運期」様には本当にお世話になったというか、本当に楽しかったというか、充実していたというか、ただただ感謝しかない。

自分の幸運期に感謝するというのもヘンな具合だが、とにかく良い一年だったので、これはちゃんと誰かに礼を言ったほうがいいだろうと思い立ち、誕生日の前日にとつぜん伊勢《いせ》神宮へ行くことにした。

というのも、昨年、「あれ、もしかして、幸運期が始まった?」と自覚した夜があり（もちろん単なる思い込みなのだが）、ちょうどその直後にも伊勢神宮へ行っていたのだ。

おそらく幸運期と伊勢神宮との因果関係はない。一方は占星術で、一方は神道だし。

ただ、なんとなくタイミングとしてはそこがスタートだった。

幸運期の締めくくりに伊勢へ行こうと思ったのにはもう一つ理由があって、たまたまこの時期、周りに「伊勢」が多かった。というのも、ある夜、寿司屋《すしや》で食事をしていると、隣に座った外国人の夫婦が、「実は今日、伊勢から東京に戻ってきたのよ」と板前さんと話し出したり、ちょうど幸運期が始まったころに知り合った友人が実は三重の出身で、その上、彼の祖父が伊勢神宮で働いていたことが分かったり、極めつきは、これらのエピソードが重なるちょうどそのころ、仕事で上海に行ったのだが、羽田へ戻る帰りの便で、ぼんやりとフライトマップ（モニターで搭乗機の現在地が映っているもの）を眺めていた時、「このまま名古屋上空を飛んで東京へ向かうのか」と思っていたところ、なぜかとつぜん飛行ルートがカクンと下がり、名古屋ではなく、まさに伊勢神宮の真上を飛んでいく航路に変更されたりしたのだ。

伊勢神宮に呼ばれる、という言い方があるらしい。とすれば、もうここまで呼ばれると、さすがに行かないわけにはいかなかった。

あいにく、出発当日、東京は雨空だった。名古屋から伊勢へ向かう途中、ときどき雨雲が切れるようになったが、それでも雨の一日には変わりない。

これまで伊勢神宮は三度訪れている。一度目はある雑誌の取材で、二度目、三度目はプライベートだったが、三度とも天気には恵まれていた。

なので雨のなか、内宮《ないくう》への入り口にかかる白木の大橋「宇治橋《うじばし》」を渡るのはとても新鮮な体験で、普段は恐ろしいほど澄み切っている五十鈴川《いすずがわ》が濁り、水かさを増している様子は、それはそれで見応えがあった。

あいにくの雨とはいえ、参拝客は多かった。傘を叩《たた》く雨の音と、濡《ぬ》れた玉砂利を踏みしめる足音が妙なリズムを刻み、逆に辺りの静けさを際立たせる。

黙々と正宮《しょうぐう》へ向かい、濡れた石段を上がって、手を合わせる。

おかげさまで充実した一年を過ごせました。ありがとうございます。

普段、まったく信心深くないのだが、さすがにこういう場所で手を合わせると身が引き締まる。

本当にいろんなことがあった一年だった。「今年、十二年に一度の幸運期みたいよ」と友人に教えてもらったとき、「よっしゃ、ならば、なんでもやってやろう」と決意した。とにかくこの幸運期、最後まで休まずに突っ走ってやろうと。

おかげでいろんな人に出会えた。こちらが必死に走っていれば、伴走してくれる人もいるし、沿道で応援してくれる人もいる。疲れ果てて立ち止まりそうになれば、そっと手を差し伸べてくれる人もいたし、とりあえずその場に寝転んで一緒に休んでくれる人もいた。

このうち一人が欠けても、こんなに充実した一年は過ごせなかったと思う。このうち一人が欠けても、ここまで走り通せなかったと思う。

せっかく伊勢まで来たので、参拝のあとは志摩《しま》までレンタカーで足を延ばした。ここ志摩にできたアマネムというホテルに行ってみたかった。

このアマンリゾーツ、一九八八年にオープンしたタイのプーケット島のアマンプリがスタートで、以来アジアを中心に、いわゆる神々がいそうな場所だけを厳選して、素晴らしいホテルをオープンし続けている。

以前、ブータンを訪ねた時、このアマンリゾーツのアマンコラに宿泊した。アマンコラは首都のティンプーを始め国内各所に五ヶ所あり、それぞれ特色があるのだが、未《いま》だに忘れられないのはプナカという山里にあるホテルで、ロウソクの灯《あか》りのもと夕食をとっていたときのことだ。

とても静かに胡弓《こきゆう》が流れているなあ、と思っていた。てっきりCDだと思っていたのだが、食事を終えて外へ出ると、なんと中庭で青年が僕らのためだけに胡弓を演奏してくれていたのだ。そして、そういうサービスをしてくれるのがアマンリゾーツだ。

レンタカーで志摩へ向かっていると、晴れ間が見えてきた。

丘を上がっていくと、空が広がり、美しい英虞湾《あごわん》が現れる。ホテルはこの丘に点在するヴィラで形成されていた。フロントのある建物からも英虞湾が一望でき、それは見事な夕焼けが広がっていた。「Yahoo! の天気では明日までずっと雨の予報だったんですよ」

嬉《うれ》しさ半分、驚き半分で、そうスタッフの方に声をかけると、「この辺りの天気は、わりと、いつも良い方にハズれるんですよ」

と微笑《ほほえ》む。

いつも良い方にハズれる。なんかいい言葉だなと思う。

案内されたコテージからも英虞湾の夕映えが一望できた。

中庭の温泉プールでのんびりと過ごし、夕食には新鮮な地元の魚をいただいた。こういう心地の良いホテルに来ると、なかなか部屋に戻りたくなくなる。

浴衣のままバーに寄り、冷えた白ワインを飲む。テラスには星空を見上げるためだけに作られたソファ席がある。

とてもいい時間だった。たくさん飲み、たくさん笑って、たくさん話した。

「十二年に一度の幸運期が終わったら、やろうと思っていることがあって」と話した。

「……これまでやったことのないことをいろいろやってみようかと思ってる」と。

簡単なことからでいい。

たとえば、明日の朝、ずっと苦手だった納豆を食べてみるとか。たとえば、バッティングセンターに行ってみるとか。たとえば、これまで興味のなかった湘南《しょうなん》の方にドライブに行ってみるとか。

部屋へ戻ると、ちょうど十二時を回り、誕生日を迎えていた。

これで、十二年に一度の幸運期が正式に終わったことになる。ただ、不思議と晴れ晴れとしていた。

「この辺りの天気は、わりと、いつも良い方にハズれるんですよ」

ふと、ホテルのスタッフの言葉を思い出した。

鎌倉大冒険

若いころから洋楽の方が好きで、あまり邦楽に詳しくない。

年代的にはちょうどMTV世代と呼ばれるらしく、好きな曲のイメージはたしかに映像（いわゆるPV）として記憶に残っている。

しかし当然、同世代には邦楽ファンの方が多いので、カラオケなどでは、サザンオールスターズ、松任谷由実《まつとうやゆみ》、ドリカム、ミスチル、あとは松田聖子《まつだせいこ》や中森明菜《なかもりあきな》といった八〇年代から九〇年代アイドル辺りが盛んに歌われる。

どなたも超有名アーティストなので、もちろんその代表曲は知っているが、たとえばシングルカットされていないアルバムの名曲とかになってくると、途端に話についていけなくなる。

絶大な人気があるのだから、聴けば、それが良い曲なのは分かっているし、聴きたいとも思っている。ただ、なんとなく手が伸びない。そちらへ行くと、人が多くて、なんだか渋滞しそうな気がするからだ。

という感覚に、とても似ている場所に、先月ふと思い立って行ってみた。

絶大な人気があるし、行けば、良い場所なのは分かっているし、行きたいと思っていても

いるけど、なんとなくそっちへ行くと混雑しそうで足が向かなかった場所。

そう、鎌倉《かまくら》である。

昨年（二〇一六年）の誕生日から唐突に始めてみた「今までやったことのないことをやってみよう」企画の一つなのだが、こういうものは思い立ったが吉日。ちょうど予定のない日だったので、早速その日に向かうことにした。

とはいえ、そう決めたのがすでにのんびりと本でも読もうかと思っていた午後である。急遽《きゅうきょ》、ソファから身を起こし、Googleマップで都内から鎌倉までの所要時間を調べてみると、渋滞がなければ、車で一時間十五分とでる。

けっこう、近い。

ただ、この季節は日の入りが早い。これから出かけても、到着するころには暗くなっている可能性もある。

いや、でも間に合えば、鎌倉の海で夕日が見られる。

そそくさと用意して、誰か一緒に行ってくれないかと手近なところで探してみるが、そうそうヒマな人はいない。唯一、横浜に暮らす友人が、「ヒマだから行く行く」と言ってくれたので、ならば今夜は鎌倉に宿をとって飲もうという、とても楽しい流れになってきて、なんだか夕日も見られそうな気がしてくる。

都内を出発し、高速の横羽線《よこはね》で鎌倉へ向かいながら、なんでこれまで鎌倉に行かなかったのだろうかと考えてみた。

おそらく何度も誘われているはずだが、誘われるたびに、「混みそうだから」と断っていた気がする。

思い起こしてみれば、鎌倉どころか、いわゆる湘南の方にもこれまでにたったの一度しか行ったことがない。上京してすでに三十年。

どちらかといえば、山より海が好きで、夏休みの海水浴は欠かさなかったタイプなのに、だ。

伊豆《いず》や千葉の海に行くことが多かった。まとまった休みが取れる時には、タイやマレーシアのリゾートだった。

たった一度行ったのは、忘れもしない、上京してまだ三ヶ月しか経《た》っていないころのことで、大学で初めてできた友達のSくんと鵠沼《くげぬま》海岸に行ったのだ。

Sくんは免許取り立て。その日は実家のカローラを借りて、翌週に控えたデートの下見に付き合わされた。

道中は覚えていないが、到着した鵠沼海岸を見て、正直唖然《あぜん》とした。海水浴といえば、人より空を舞うトンビの方が多いような故郷長崎の砂浜がスタンダードだったせいか、その人の多さや、(今はすっかり改善されているが)濁った海の色に、砂浜に足を踏み入れた途端、その足が一歩も前へ進まなくなった。

Sくんも湘南は初めてらしく勝手が分からない。仕方なく、混み合った砂浜の通路のような場所に、遠慮がちにバスタオルを二枚広げて横たわる。

やけにココナツの匂いが強いコパトーンを体中に塗りたくると、風に舞う砂があっという間に顔や体に張りついた。

その上、シャワーを浴びたくても、海の家の利用料はバカ高いし、公共のはどこにあるのかさえ分からない。一言で言うと、不快である。

海に来て、「ああ、海に行きたい!」と思ったのは初めてだった。

鎌倉へ向かう車中、そんな遠い記憶を呼び覚まして、なるほど、これじゃ、なかなか鎌倉方面に行こうとしなかったはずだ、と納得する。

とはいえ、あれからすでに三十年。今なら、海の家の利用料くらいケチらないし、バスタオルじゃなくて、デッキチェアーくらい借りられる。

少し気持ちに余裕が生まれ、鎌倉へ向かうドライブも楽しくなってくる。

高速を降りてコンビニに寄ったときには、せっかくだからBGMはサザンにしようなどと思い立ち、早速アップルミュージックにないかと検索してみたが、あいにくまだサザンは入っていない。ただ、代表曲のオルゴールバージョン（笑）というのがある。

ふたたび車に乗り込んで、いざ鎌倉へ。流れてくるのはオルゴールバージョンの「真夏の果実」。

この曲が主題歌だった映画『稲村《いなむら》ジェーン』。

観に行ったなあ。甘酸っぱい思い出だなあ。

などと感傷に浸っていたせいか、いつの間にかカーナビの案内から逸《そ》れており、なんだか心もとない山道に入ってしまった。

それでも海好き人間の勘は働く。たぶん、あちらに向かえば、海はある。

勘を信じて上っていった坂道の先に、ふいにオレンジ色の空が広がった。

海だ。

と思わず声が出る。

うまい具合に迷ったらしく、ちょうど出てきたのが、かの有名な江ノ電「鎌倉高校前駅」の坂の上。

急な坂道の先には、江ノ電の踏切と、そして鎌倉の海が広がっている。

着いた。

都内からたった一時間十五分の旅なのに、なんだか大冒険をしたような気分だった。

都内からここまでの距離ではなく、十八のころから今までの時間を旅してきたような、なんとも初々しくて、甘酸っぱい旅の目的地では、期待を遥《はる》かにしのぐ鎌倉の夕日が待っていてくれた。

猫が一番かわいい季節

この時期になると、毎年、騙《だま》されている。

そろそろ覚えてもよさそうなものだが、一年というのは、どうでもいい事を忘れるのにちょうど良い頃合いらしく、毎年、きれいさっぱり忘れて喜んでしまう。

何を喜んでいるかと言うと、うちで飼っている猫のことである。ちなみに二匹いて、名前を金ちゃん、銀ちゃんという。

この猫たちが、冬になると、驚くほど近くに寄ってくるのだ。普段は、お隣が飼っている猫か、と疑いたくなるくらい、分かりやすい愛情表現を一切見せてくれない猫たちで、たとえば、せっかちタイプの金ちゃんを抱っこしようとすると、台湾式激痛足つぼでも受けているのかと思うほど、身をよじって腕のなかから逃れようとするし、おっとりタイプの銀ちゃんを抱っこすれば、こちらはこちらで、「はあー、今、抱っこすか？

まあ、他にやることないんで、別にいいすけど」と、明らかに面倒くさがりながら、腕のなかで電源を切ったように脱力する。

だが、そんな猫たちが、この時期になると、先を争って近寄ってくる。椅子に座っていれば、膝のうえ。寝ていれば、腹のうえ。膝のうえが取られた方は、肩のうえ。腹のうえが取られた方は、顔のうえ。

まあ、寝ている時に顔のうえに来られるのも迷惑なのだが、それでも普段は足つぼと脱力の猫。よくきてくれたと嬉しくもあり、試しに強く抱いても逃げ出さない。

そうか、最近、外出が多かったから、やっぱり寂しかったんだあ、などと、物言わぬ猫たちの気持ちを忖度《そんたく》し、やはり飼い主の不在が与える不安感は大きいのだろうし、これからはもっと可愛《かわい》がってあげなきゃなあ、などと反省頻《しき》りだったのだが、

「あ、それね、たぶん寒いからだと思う」

という友人からの容赦ない一言に、

「いや、そんなはずは……」

と、膝で眠っている金ちゃんに目を向けた途端、いや、……ない、とは言い切れなくなってくる。

さっきまで寂しそうに見えていた寝顔が、もう完全に「防寒対策」にしか見えない。

ちなみに、我が家はあまり暖房をつけない。電気代をケチっているわけではなく、寒い方が仕事が捗《はかど》るからで、一般的な家庭に比べると、冬の室温は三、四度低いと思われる。

実際、暖かい日には猫たちは寄ってこない。日が差し込んでいるときはそこへ行く。そして、毎冬、この猫たちの愛情表現っぽい防寒対策に騙されている。

膝に乗ってくるとやはりかわいいので、「おー、きたか、きたか」と、まさに猫可愛がりし、遊んであげなくて悪かったねえ、などと謝るのだが、二、三日もすると、「あ……」と、先述の友人の容赦ない一言を思い出し、ああ、今年も騙されたと気づくのだ。

猫に騙され、というのを、「歳時記」の冬の欄に加えてほしいくらいだ。

「歳時記」で思い出したが、詩人の高橋睦郎《たかはしむつお》氏が、海外に長期で留学したり赴任するに当たって、何か一冊本を持って行くとすれば、「歳時記」をお勧めするというようなことを書かれていた。俳人のためだけの本にするのはもったいないと。

たしかに海外生活も長くなり、現地の人たちとある程度のコミュニケーションを一通りとった後、さて、そこで日本とはどんなところなのかと聞かれた場合、「歳時記」があればそれは重宝するだろうと思われる。

これまで「海外に持って行くならこの一冊」という質問の答えで、よく耳にしていたのは三島由紀夫《みしまゆきお》だったように思う。

朝から晩まで外国語に囲まれて、それが数ヶ月、数年続いていくと、思い切り日本語を頭から浴びたくなってくる。その際、何よりも濃厚な日本語が三島由紀夫の作品なのだと、ある友人は言っていた。

ということで、高橋睦郎氏が「歳時記」について書かれたその本を書棚から取り出してみる。

パラパラとめくっただけで、匂いがする。言葉の匂いとでも言えばいいのか、日本語の匂いとでも呼べばいいのか。

本書は、春、夏、秋、冬、新年、の章立てで、それぞれの季節の花や鳥、そして風や雪などの自然について、古今の人々が詠んだ句や詩を、高橋氏が紹介しておられる。

拝読していると、古今の詩句はもちろん、高橋氏ご自身の美意識も強烈に伝わってきて、まさに、学ぶに如《し》かずとため息がでる。

せっかくなので、懐かしいものをいくつか。

東風《こち》吹かばにほひおこせよ梅花《むめのはな》
主《あるじ》なしとて春を忘るな

夕立の雲もとまらぬ夏の日の
　かたぶく山にひぐらしの声

秋来ぬと目にはさやかに見えねども
　風の音にぞ驚かれぬる

雪ふれば冬ごもりせる草も木も
　春に知られぬ花ぞ咲きける

たった、これだけの文字なのに、日本の春夏秋冬がまるで目の前を流れていくようである。

つくづく思うが、こういう風雅を中学や高校で勉強できるというのはなんと贅沢《ぜいたく》なことだろうか。

と、なんでもっと早く、中学や高校のころに気づけなかったのか、といつも思う。

とはいえ、学ぶのに早い遅いはないはずで、早速面白そうな「歳時記」でも買ってきて、普段は流れていくだけの季節を、一日くらいは立ち止まって、言葉にしてみようかとも思う。

そういえば、このエッセイは執筆月と掲載月にひと月ほどのズレがある。ちょうど正月に書いたものが、旧正月に掲載されるような感じである。とすれば、旧暦の歳時記ともなんとなくリズムが合わなくもない。

と、早速近所の本屋へでも行こうかと思ったところで、膝のうえで寝ていた金ちゃんが目を覚ました。

「たっぷり寝たか？　おかげでこっちは足がしびれた」

と声をかけてみるが、とうぜん返事はなく、我が物顔で伸びをすると、ぴょんと降りて部屋を出ていく。

その後ろ姿を眺めながら、ふと思う。

ああ、我が家ではこの猫たちが誰よりも季節に敏感なんだなあ。それこそ「歳時記」でも与えたら、何か気の利いた句でも詠みはしないだろうか、と。

東風《こち》吹かば主《あるじ》なしとて我は眠れる　金太郎

Apple Store vs 祇園

先日、友人がiPadを買うというので、表参道のアップルストアに付き合った。

ちなみに、この手のデジタルものには滅法疎い。

とはいえ、二〇一七年の現代に生きているので、スマートフォンで銀行振込もやれば、Googleマップに道案内もしてもらうし、写真や動画を撮ってLINEで友人に送ったりしたかと思えば、送るときにはちゃんとスタンプなんかを使ったりもする。

と書くと、「なんだ、ちゃんと使いこなしているじゃないか」と思われそうだが、実際は逆で、なぜ自分にそんなことができているのか、まったく分かっていないし、なんとなく、画面に出てくるボタン（？）を押していくと、いつの間にか自分のやりたいことができているのが我ながらすごい、というか、ちょっと怖かったりもする。

という感じなので、アップルストアのスタッフ相手に料金設定などについて相談する友人の話を横で聞いていても、一体何の話をしているのかさえ分からなかった。

これとこれをこうすれば、使い放題にも変更できる？　とか。これとこれの設定をここでやるとかやらないとか。

ところで、この表参道のアップルストア、いわゆるショップという感じがまったくしない。普通、物を売る店であれば、棚に並んだ商品をレジへ運び、そこで金を払って購入というのが流れである。

だが、ここ表参道のアップルストアは、まるで美術館のような印象で、一階にディスプレイされた商品はさながら現代アート作品。地下へ螺旋《らせん》階段を降りていくと、レジ台ではなく、温かみのあるダイニングテーブルのようなものが並び、そこでスタッフと客とがやけにフレンドリーな感じで話をしている。

どれくらいフレンドリーかと言うと、この日、担当してくれたのは若い男性スタッフだったのだが、その最初の自己紹介が、

「よろしくお願いします。本日、担当させていただきます、ヨウヘイ（仮名）です」

と、なんとファーストネームだったのだ。

一瞬、面食らったが、店全体がファーストネームで呼び合う規則になっているらしく、途中、別のスタッフに引き継いだ時も、「このあとは、こちらのタケシ（仮名）が説明

しますので」という調子だった。

　もちろん最初はこそばゆかったが、慣れてしまえば、そう気にもならなくなる。ちなみにヨウヘイくんはまだ二十代前半、一方、客である友人は僕と同世代の四十代女性なので、なんだか横で見ていると、機械音痴な上に物覚えの悪い母親に、息子のヨウヘイが根気強く使い方を説明しているような、なんともほのぼのとした雰囲気に見えてくる。

　そのうち、購入する機種とプランが決まり、いよいよ新品のｉＰａｄの箱が運ばれてくると、ヨウヘイくんが僕らの目の前で、スススーッと、まるでベテランソムリエがワインボトルでも開けるような手際の良さで、箱の包装をカッターナイフで開けたかと思うと、「おめでとうございまーす！　さあ、フタはお客さまご自身で開けてくださーい！」と声がかけられ、その声を合図に、近くにいたスタッフたちまでが集まってきて、「おめでとうございまーす！」と拍手喝采となる。

　まるで誕生日会か、ホストクラブでシャンパンでも注文したような儀式に、さすがに友人も最初は戸惑っていたが、新品のｉＰａｄを前に「おめでとう」と祝福されて嫌な気がするはずもない。

「ありがとうございまーす」とスタッフたちの拍手に応えてしまえば、あとはもうフタを開ける友人の表情の、そのなんとも楽しげなこと。

正直、ちょっと気恥ずかしくもあるのだが、そこはもうスタッフをファーストネームで呼ばせる最初の演出から一貫したエンターテインメントであって、素直に乗ってしまえば、この新しい買い物体験がなんだか病みつきにもなる。

病みつきになるといえば、同じ時期、このアップルストアとはある意味でまったく正反対の楽しい体験もあった。

場所は、冬の京都。例年になくあたたかな日で、冬日を浴びた鴨川《かもがわ》は穏やかに流れ、川辺では人々がのんびりと時間を過ごしていた。

この夜、向かったのが祇園《ぎおん》のとあるお茶屋さん。日が暮れて、オレンジ色の街灯にぼんやりと照らし出された真新しい石畳を歩いていると、なんとも豊かな旅情にかられる。店はこの花見小路通《はなみこうじどおり》にあり、ずらりと並んだ白漆喰《しろしっくい》に板塀が続く中、入り口の格子戸をさらさらと開けると、目の前に小さな闇が現れる。

闇と言っても、いわゆる玄関先のことなのだが、煌々《こうこう》と明かりを灯《とも》しているわけではないので、ついこんな表現になってしまう。ただ、この小さな闇こそが、その先にある華やかな座敷への期待を高めてくれる。

この日、座敷に来てくれたのは、萌葱《もえぎ》色の着物がよく似合い、まだまだ赤い鹿の子も可愛らしい舞妓《まいこ》さんと、黒留袖もきりっと艶《あで》やかな地方《じかた》の芸妓《げいぎ》さん。

いるだけで清々するような和室で、艶っぽい三味線の音で踊る舞妓さんを眺めていると、なんとも豊かな気分になってくる。お茶屋遊び自体が豊かだと言いたいのではなく、金屏風《きんびょうぶ》の前で可愛らしく揺れる舞妓さんの髪飾りや、高く低く鳴る芸妓さんの三味線の音というものが、どれほど豊かなものだったかと気づかされるのだ。

座敷には、とうぜん畳が敷かれている。そして畳には黒い畳縁《たたみべり》がある。見ようによっては、この黒い畳縁は、僕ら客と舞妓さんや芸妓さんたちを隔てているように見える。

境界線を引くということに、僕は元来あまり共感しない方だが、このお茶屋さんが一《いち》見《げん》の客を入れないということと同じ理由で、そうしなければ守れない世界、もしくはそういう面倒なルールの先だからこそ見ることができる世界というものがあってもよいのではないかとも思う。

この夜、可愛らしい舞いを見物したあとは、定番のお茶屋遊び「こんぴらふねふね」で騒ぎ、その後はあまり知ることのない舞妓さんの年中行事の話を聞いたり、大の映画好きで、たまたま拙著『怒り』の映画を観てくれていた芸妓さんと、大いに国内外の映画の話で盛り上がった。

京都のお茶屋さんに、そうたびたび通うことはできない。ただ、この座敷で過ごした時間は、一生ものの思い出として残る。それはこの店で過ごした時間のなかに、実はここでの時間だけではなく、舞妓さんや芸妓さんが客を喜ばせるために踊りや三味線の稽古に費やした時間も含まれるからだ。

と考えると、少し大げさかもしれないが、誰かと出会うということは、それまでに過ごしてきた自分の時間とその誰かの時間が、そこで一緒になるという、とても壮大なことなのかもしれない。

そう思えば、これからまた誰かと出会うことが、なんだかますます楽しみになってくる。

引っ越しと芥川賞と親友

十年ほど暮らした町を離れた。

と言っても、駅のあちら側からこちら側へ転居しただけのことなのだが、それでも引っ越しは一大事であり、また心機一転、汗まみれで断捨離をして気分爽快でもある。

考えてみれば、引っ越しの多い人生である。

十八歳までは故郷長崎に暮らしていたが、大学進学のために上京してからは、一年も同じところに住めば長いほうで、半年、数ヶ月単位で引っ越しを繰り返していた時期もある。

というのも、元々、居候癖と居候され癖があるのだ。

友人の家に転がり込んだことも少なくなければ、転がり込まれたことも多い。時はバブル真《ま》っ只中《ただなか》、高騰する家賃にそうやって対抗していたような気もするし、なんだかんだで誰かと暮らす楽しさを存分に味わっていたような気もする。

今、ざっと思い出せるだけで、荻窪《おぎくぼ》、千歳烏山《ちとせからすやま》、池袋、駒沢、学芸大学、板橋、中野坂上、花小金井、与野《よの》、下北沢、三軒茶屋、桜新町、下高井戸、と、懐かしい場所がいくらでも出てくる。

二十年前、文學界新人賞を受賞して作家デビューしたときに暮らしていたのは、駅から徒歩で二十五分もかかる荻窪のアパートだった。

いわゆる礼金敷金ナシで入れるという物件で、五畳ほどのワンルームにはしごで上がるロフトベッドが付いていた。と書くと、おしゃれなイメージだが、置いてあるのはダンボールの食卓兼執筆机。

そういえば、このとき新人賞受賞作が芥川賞の候補に選ばれたのだが、その通知が届いた日に、ちょうど田舎から友達が泊まりに来ていた。

郵便受けから部屋に戻ると、

「いい知らせと悪い知らせがあるけど、どっちから聞きたい？」と僕は尋ねた。

「じゃあ、いい方から」と友達。

「芥川賞の候補になった」

「え？　芥川賞って、あの芥川賞？」

慌てて通知の文言を一字一句確かめた友達が、

「ほんと、ちゃんと書いてある」

狭い部屋で抱き合い、飛び上がって喜んだ記憶がある。

そして、散々っぱら喜び合うと、

「あれ、もう一つの悪い知らせって？」と友達。

「あ、そうそう。これ」

このとき僕が差し出したのは、料金滞納のため、その日から電気が止められるという通知だった。

思い起こしてみれば、当時はいつもこんな風だった。作家としてデビューはしていたが、いつも電気ガス水道、そして電話料金の心配ばかりしていた。

当時、今はなき『エスクァイア日本版』の取材を受けたのだが、その連絡を取り合う際、

「あのー、誠に申し上げにくいんですが、月末は電話が止められていることが多いので、連絡つかないです」

と言われてびっくりしたと、数年後、このときの担当編集者の方から言われ、今度はこっちがびっくりさせられた。

引っ越しを繰り返せていたというのは、要するに自分の荷物が少なかったからだと思う。当時の引っ越しの記憶を辿《たど》ってみても、軽トラを借りて一人で、とか、友達の車の後部座席とトランクにゴミ袋に入れた荷物を詰めるだけ詰めて、とか、さらに言えば、大きなバッグと座椅子を抱えて、電車で引っ越したこともある。

と思えば、いつの間にこんなに荷物が増えたんだろうか、と改めて驚く。

今回など、いわゆるすべてお任せの引っ越しパックで、荷造りから搬出、搬入、荷ほどきまで丸三日もかかった。

荷造りと荷ほどきに来てくれたのが女性三人組で、彼女たちの力量に不足はないのだが、さすがに大量の本をきちんと棚ごとに分けて箱詰めしてくれる姿を見ていると、本来なら任せっきりで外出しても良いことになっていながら、不憫《ふびん》になって手伝った。手伝えば、いろんなところから懐かしいものが出てくる。それこそ、初めて芥川賞の候補になったときの通知なんかも出てくる。

ただ、いちいち思い出に浸っている余裕はない。

結局、朝八時から始まった一日目の荷造りと搬出作業が終わったのが夜の十時。猫たちの引っかき傷だらけの部屋に別れを告げて、まだ何もない新居へ向かい、この日はガランとしたリビングに貸し布団を敷いて猫たちと寝た。

猫たちも場所が変わって少しはナイーブになるかと思いきや、最初こそニャーニャーと鳴きながら部屋中を嗅ぎ回っていたものの、そのうち疲れて、いつものように枕元で丸まって眠ってしまった。

なんだかとても良い夜だった。部屋に何も荷物がなかったせいか、それこそ昔の自分の生活を思い出した。

翌日はまた朝の九時から夕方まで搬入があり、三日目もやはり朝から夜遅くまで荷ほどき作業が続いた。

新居での暮らしがどんなものになるか、楽しみで仕方ない。近くにどんな店があるのだろうか、どんな朝日が入ってきて、どのような夕方を過ごすのか。まだまだ新居探索に忙しい猫たちが落ち着くころには、ここでの暮らしにも慣れているだろうと思う。

そういえば、この新居で初めてやった仕事が、第一五六回芥川賞の選評を書くことだった。

電気使用停止の通知とともに、芥川賞の候補に初めてなったという通知がきたあの日から、もう二十年の月日が流れている。

今年から僕は芥川賞を選ぶ立場になった。選考委員の一員として、候補になったことを飛び上がって喜んでいるような人たちの作品を読める栄誉にあずかることになる。

どんな作品に出会えるのか、新居とともに、こちらも楽しみで仕方がない。

あれから二十年、あのとき一緒に飛び上がって喜んでくれた友人は、四年前に癌《がん》で亡くなった。

生きていたら、どんな言葉をかけてくれるだろうか。

電気が止められていないか心配して、きっとこっそりと新居にも様子を見に来てくれるに違いない。

オホーツクの流氷

網走《あばしり》港を出航した船が、ゆっくりとオホーツク海へ向かう。

窓の外には冬の網走の町。岸壁沿いに建つみやげもの屋の主人が、大漁旗を振って見送っている。

北海道には何度か来たことがある。ただ、これだけ広い土地なのに、札幌と函館しか訪れたことがない。

九州出身の者から見れば、北海道はある意味、未知の土地である。ずっと雪が積もっていたり、気温が氷点下になったりと、頭ではなんとなく理解できるが、肌感覚としては想像もできない。

以前、仕事で札幌の書店を訪れたとき、書店員さんに利尻島《りしりとう》出身の方がいた。北海道のさらに最北。新千歳《しんちとせ》空港から利尻行きに乗り換えるのだそうだ。

島の暮らしぶりをいろいろと聞かせてもらったが、特に冬場の情景はどんなエピソードでも白一色の絵面《えづら》しか浮かんでこなかった。ただ、その中で唯一、匂いや熱を持って伝わってきたのが、島でよく食べたというホッケの話だった。肉厚のホッケが焼かれる香ばしい匂いが、無音の冬景色の中からはっきりと漂ってきた。

網走港を出た船が目指すのは、オホーツク海の流氷である。港を出るとすぐに、まるで小舟のような流氷が浮いているのだが、沖合へ出れば、見渡す限りの氷の世界となるらしい。

二月の網走にしては、暖かい日らしかった。ただ、暖かいと言っても、普通に氷点下である。

船体にゴツンゴツンと流氷が当たる音が聞こえるようになると、ダウンジャケットのフードをかぶって甲板に出た。

寒風吹きすさぶ中、甲板は世界各国からの観光客で賑《にぎ》わっている。海面を覆い尽くす真っ白な氷塊を切り裂きながら、ゆっくりと流氷船は進んでいく。

真っ青な空に数多くの雲が浮かんでいる。それをそのまま反転させたように、青い海には、白く巨大な流氷がたゆたっている。

海が空で、空が海。

甲板で雄大な景色を眺めていると、少し離れた一角で歓声が上がった。何かと思って近寄ってみれば、一羽のカモメが甲板の手すりにちょこんと止まっている。

人間にも、この流氷ツアーにも、すっかり慣れているカモメらしく、乗客たちが近寄って写真を撮っても、「かわいい、かわいい」とそばで声を上げても、まったく動じる様子がない。

逆に、自分を取り囲む人間たちを、なんとも悟り切ったような顔で眺めている。しばらくの間、カモメは人気者となっていたが、写真を撮り終えた乗客たちは、ふたたび壮大な流氷の景色に戻っていく。置き去りにされ、飛び立つかと思ったが、カモメはそれでもじっと手すりに止まっている。

当然のことだが、このカモメ、毎日この景色を見ているんだよなと思う。一面の氷の世界で生き、たまにやってくる流氷船で羽を休め、また飛び立っていくんだよなと。

そう思うと、なんだかこのカモメが、人生についてとても大事なことを知っているような気がしてくる。もちろん、「知ってるでしょ?」と問いかけたところで、鳥っぽく首を傾《かし》げるだけだろうが。

「二階で見ると、また迫力あっていいですよ」

一緒に行っていたKADOKAWAの山田剛史《やまだたけし》さんたちに誘われて、早速、下の甲板へ降りてみると、たしかに目の前で、大きな流氷の塊が船体にぶつかって裂けていく。流氷の割れ方もそれぞれで、浮かんだままヒビが入って真っ二つになるものもあれば、寝ているところを起こされて、機嫌悪そうにムクッと立ち上がる氷の壁もある。手を出せば、届きそうな臨場感である。

「なんか、まったく飽きませんね。いつまででも見てられる」

と、素直な感想を述べると、

「寒いところは苦手だって、来るの嫌がってましたよね」と笑われた。

行ってみないと、分からないことがある。それは風景に限ったことではない。

この日の夜、みんなで網走のスナック巡りをした。その途中、ふらりと入った店がスナックではなく、ポールダンスショーのある店だった。さほど広くもない店で、二人の女の子がポールダンスを披露する。

「網走クオリティのダンスではありますが、女の子たち、毎日、体中に痣《あざ》を作りながら練習しております」

マイクを使ってのママの紹介が、やけに牧歌的なため、必死にポールにしがみついている彼女たちを、見ている客たちまで応援したくなってくる。

実際に来てみないと分からないもんだなあ、と思ったのが、この店で働いている男の子たちのことだ。見かけはいわゆるホスト風のイケメンたちなのだが、なんとも接客がぎこちない。

そこでちょっと尋ねてみると、なんとみんな、普段は漁師なのだという。スケソウダラを獲《と》る遠洋の船員もいれば、近海でイワシを獲っている者もいるらしい。

「冬は、海が凍って漁ができないから」

ボソッとそう言われてみると、昼間見てきた美しい流氷がまた違って見えてくる。

ポールダンスの途中、この男の子たちが女装したりして場を賑やかす。正直、学芸会の延長のようなものだったが、これが冬を越す網走の若い漁師たちかと思えば、なんだか、とても風情のあるものを見せてもらったようで感動的でもある。

もちろん彼らはあっけらかんとしていて、

「俺、離婚して子供引き取ってるから。遊んでられませんもん。他のやつらは冬場だけですけど、俺なんか、夏も漁に出て、戻ったらこの店で働いて、朝ここから漁に出てますからね」と教えてくれる。

「いつ寝るの？」

「船が沖の漁場に着くまで、四時間くらい眠れますもん」

北の男たちは逞《たくま》しい。分かりやすく逞しくないところが、本当に逞しくて惚《ほ》れ惚《ぼ》れする。

今回、最終日に知床《しれとこ》でタラバ蟹《がに》を食べた。

場所は雪に閉ざされた漁港の、小さな食堂だった。男四人だったので、三キロのタラバを一杯まるごといった。

これまで食べた蟹の中で一番美味《うま》かった。蒸して柔らかく、焼いて香ばしく、食べるという幸福のすべてを味わえた。

現金なものだが、北海道というところが幸福のすべてが詰まっている場所に思えた。人生を知るカモメがいて、逞しい若者たちがいて、そしてタラバ蟹は湯気を立てている。

ああ、また行きたい。すぐにでもまた行きたい、と思う。

サーカスの匂い、みなとみらいの匂い

横浜に「みなとみらい」という地区がある。

正式には「横浜みなとみらい21」という名称で、横浜ランドマークタワー（大阪のあべのハルカスができるまでは日本一高いビルだったらしい）を始めとする高層オフィスビルやホテルが建ち並ぶ、いわゆる湾岸大開発エリアである。

この手の湾岸開発エリアというのは全国にいくつもあるが、十年、二十年と時間が経つにつれ、その明暗というか、イメージがはっきりと分かれていくような気がする。

ちなみに個人的にであるが、「みなとみらい」は間違いなく明暗の「明」のほうへ分かれた地区だと思う。

その理由はなんだろうか、と、こちらも素人の推測ながら考えてみると、「みなとみらい」というエリアは、その中心に美術館（横浜美術館）を置いていることが大きな勝因のように思えてならない。もちろん美術館自体に人の流れを変えるほどの集客力はないが、花の飾ってある居間と飾っていない居間のように、その街のイメージをまるで違うものにする。

などと、素人のくせに湾岸エリア開発の考察もどきを展開しようとしているが、要するに簡単に言ってしまえば、「みなとみらい」という場所が嫌いじゃないのである。

と、言うと、

「私はあの人工的な感じがムリ」

「街並みとか整いすぎてて、下町育ちの自分には寒々しい」

といった反対意見も多く耳にする。

実際、埋め立て地の開発エリアなので建物はもちろん人工的だし、「自然」であるはずの公園の雑草もきちんと管理されているし、商店街や民家が密集している、いわゆる下町エリアと何が違うかといえば、みなとみらいにはまったくと言っていいほど「におい」がない。もっといえば、「匂い」も「臭い」もない。商店街の焼き鳥店から甘辛いにおいが漂ってくることもなければ、時間外に出された生ゴミのにおいもないのである。

ビルの店舗にはもちろんカフェやレストランも入っているのだから、たまには美味《おい》しそうなにおいがしてきても良さそうなものだが、ビルの、というか街全体の空調がよほど優れているのか、不思議とにおいというものがしない。

　ちなみに、湾岸エリアならば潮の香りがするだろうと思われるかもしれないが、なぜかそれもほとんど感じられないのである。

　それが、ついこの間、この「みなとみらい」を歩いていると、それがしたのである。それというのは、もちろん「におい」である。

「みなとみらい」には、まだ広大な空き地が残っている。もちろんそのすべてが管理地で、これからビルが建つのであろう。

　このとき歩いていたのはその広大な空き地エリアで、いつの間にか、そこに巨大な赤いテントが設営されていた。

　もしや！　と思って近寄れば、やはり期待通りのサーカス小屋！　それも、あのホワイトライオンの猛獣ショーでおなじみの、世界の三大サーカスの一つ、木下大サーカスの移動テントだったのである。

　みなとみらいのような人工的な街も好きだが、サーカスはさらに好きで、自分でも矛盾していると思うのだが、サーカステントから漂ってくる獣のにおいというか、見世物的な淫靡《いんび》なにおいというか、空中ブランコ乗りたちの冷や汗のにおいというか、とにかく、そういったものを全部ひっくるめたような「サーカスのにおい」が大好きなのである。

当然、無味無臭だった「みなとみらい」の空き地にも、そのにおいが漂っている。

おまけに見れば、当日券を求める列。平日ということもあり、席には余裕があるらしい。と聞けば、次の瞬間には列の最後尾に並んでいた。

考えてみれば、子供のころはこのサーカスというものが少し怖かった記憶がある。サーカスだけでなく、いわゆる実物大のぬいぐるみ的なものも苦手で、世代的にはガチャピンやムックなどもどこか怖かったので、ゆるキャラ隆盛の今の時代に子供でなくてよかったと心から思っているのだが、それと同じ理由で、ピエロというのが苦手だったのかもしれない。

もちろん、子供の味方だとは分かっているのだけれども、心のどこかでそれを素直に信じきれなかったようで、まだ幼稚園に通っているころの話だが、両親に連れていってもらったぬいぐるみショーで、ステージに並んで踊っているだけでも怖いのに、奴《やつ》らが客席にまで降りてきてパニックになったことを未だにはっきりと覚えている。

などという昔話を連れにしながら列に並んでいると、いよいよテントに入場である。

開演前にもかかわらず、薄暗いテント内ではすでにピエロの客いじりが始まっている。笑い声が響くテント内にはいろんなにおいが混じり合っている。

子供が舐《な》めているスモモ飴《あめ》のにおい。テントを支える鉄筋や鎖のにおい。土のにおい。化粧のにおい。そしてすぐ近くにいる猛獣たちのにおい。

客席を沸かせたピエロが拍手に送られて姿を消すと、まず始まったのは吊《つ》りロープショーだった。

この吊りロープショー、昔から大好きな演目である。

簡単に説明すれば、天からの糸のようなロープ（実際はキレイな布）に腕や体を絡めて、まるでピーターパンのようにステージや客席の上を飛んで見せるのだが、助走をつけ、ふっと宙に浮かび上がった瞬間、なぜか見ているこちらの気持ちまで晴れやかになる。

美しいシマウマたちがメリーゴーラウンドのようにステージを走り抜け、鍛え抜かれた団員たちの肉体はバレエダンサーのように美しく、その顔には微笑みを浮かべながらも、たとえば、ロープを渡るその爪先や、空中でブランコを摑《つか》むその指先に、すべての神経が集中されている。その緊張感が楽しげなＢＧＭの隙間を縫うように、見ている観客たちにも伝わってくる。

この緊張感は、そこで何かがちゃんと生きているという緊張感である。そこに体温があり、においがあり、感情があるという証《あかし》である。

今回も、大いに木下大サーカスを堪能した。

サーカスは初めてだという連れに感想を求めると、「（この日、少し二日酔い気味だったらしく）団員さんたちが、あんなに頑張ってる姿を見たら、自分もちゃんとしなきゃと思った」らしい。

「団員たちだって、休みの日には酒も飲むよ」

と笑ったが、気持ちは分かる。

サーカスを見ると、なぜか「俺も頑張ろう」と思う。そして、サーカスはいつも「もう少しだけ頑張れるんじゃないかな」と思わせてくれる。

アンニュイな田舎の男子高生

ちょっと前の話になるが、東京ドームであったコールドプレイのジャパンツアーを見に行った。

もともと好きなバンドだったが、二〇一五年に出た「A Head Full Of Dreams」というアルバムが素晴らしく、家で、車で、歩きながら、と、もうどれくらい聴いただろうか。

どんな音楽がお好きですか？

たまにこういう質問を受ける。

そういうとき、たとえば、「サックスをやっているので、やっぱりジャズが」とか、「鮨《すし》とクラシックが、僕の道楽ですよ」とか、「カラオケ好きなんで、Ｊポップですね」とか、なんでもいいので、そうやってすらっと答えられたら、といつも思う。

実際には、「好きなジャンルの音楽……、特にないんですよね」と首を傾げ、「普段、あんまり聴かないんですか？」となるので、「いや、家でも何か流してるし、歩いてるときも、運転するときも必ず何か聴いてるんですけど」

と答えることになるのだが、じゃあ、どんなジャンルが好きなのかと問われると、これと言えない。

実際、サックスには触れたこともないが、マイルス・デイビスくらいは聴くし、鮨も好きなら、サントリーホールに諏訪内晶子《すわないあきこ》のバイオリンを聴きに行ったりもする。残念ながらカラオケはまったく行かないが、桜の季節になればケツメイシの「さくら」を繰り返し聴いたりもしている。

中でもよく聴いているのはやはり洋楽で、ただ、こちらも洋楽ファンと名乗れるほどのコアなファンではなく、言ってみればビルボードに入っているようなヒット曲が好き、という何ともミーハーな話になってくる。

思い起こせば、洋楽を聴くようになったのは十五、六歳のころ、アメリカでポップスのビデオクリップを二十四時間流し続けるＭＴＶが始まったのがその数年前、日本でも「ベストヒットＵＳＡ」なるヒット番組があったそうだが、残念ながら当時はまだ民放チャンネルが二局しかなかった故郷の長崎では放送されず、代わりに「プロモーション・パフォーマンス」なる十五分ほどのローカル深夜番組があって、毎週、ヒット中の洋楽三曲のビデオクリップを流してくれた。

ちなみに、それ以外に洋楽が流れるようなテレビ番組は当時皆無。もちろんラジオでは洋楽トップテンのような番組があったのだが、たしか放送が日曜の昼間とかで、部活もあるし、遊びにも行きたいしで、家でおとなしくラジオを聴いているわけもなく、かといって、持っているラジカセに予約録音なんて機能がついている時代でもなかった。

となると、この週に一度の「プロモーション・パフォーマンス」というローカル番組で流れる三曲を一週間心待ちにする。

ただ、いかんせん、放送が深夜の十二時半すぎだったので（今思えば、そう遅くもないのだが）、当時はなにせ放課後には何キロも泳いでいる水泳部員、この十二時半まで起きているのがとにかくつらかった記憶がある。

今にも閉じそうな瞼《まぶた》を指で押し広げながら放送を待ち、やっと始まったという安心感で、そのまま寝てしまうことも珍しくなかったはずだ。それでも見たかったのだから、どれほど洋楽に飢えていたのだろうか。

そんなある日、この番組でシャーデーを知った。ご存じの方も多いと思うが、シャーデー・アデュというナイジェリア生まれの女性ヴォーカルを中心としたバンドで、彼女のスモーキーなアルトの歌声は独特で、クールで、なにしろアンニュイ。

彼女の歌声を聴けば、どんな人でも、たとえば、忍者ごっこを夢中でやってる子供でも急にアンニュイになるのではないかと思われる。

そう、そして九州の田舎で十七歳の男子高校生だった僕もまた、その例に漏れなかったのである。

想像してほしい。

中学時代の体育ジャージーをまだ着られるのにもったいないからと着せられて、花柄のコタツ布団にもぐりこんでみかんを食べているのに、アンニュイなのである。はたまた、さっきまで弟とカステラの最後の一切れを取り合って殴り合い寸前だったのに、アンニュイなのである。

「Your Love Is King」　あなたの愛がキング
「The Sweetest Taboo」　甘い禁忌
「Is It A Crime?」　それは罪ですか？

これらがシャーデーの曲のタイトルなのだが、なんだかもう、自分の置かれた状況と聴いている音楽の内容がちぐはぐすぎて、そのまま部屋から飛び出し、「ウォー」と裏山に向かって叫び出したいような気分になっていた。

そして、不思議なことに、今となってはこれがまさしく自分の「高校時代」そのものの記憶になっているのである。

どんな高校時代でしたか？

もしそう問われたら、「水泳部でよく泳いで、いつも眠くて、食欲旺盛で、よく笑ってましたけど、『Your Love Is King』で、アンニュイで、そのまま部屋飛び出して『ウォーーー』でした」としか答えようがないのである。

そういう全体像だったというのではなく、三年間のどの瞬間を切り取られても、いつもこれくらいの感情や感覚に満たされていて、このどれか一つでも欠けたら、それは正確ではないのである。

そういえば、東京ドームでコールドプレイのライブが始まったとき、ふとあることに気がついた。

大歓声を上げる超満員の観客、ステージを照らすカラフルなライト、そして大音響で響いているのは、ここ一、二年いつも聴いていた曲。

いつのころからだろうか。気がつけば、一つの感情としか向き合わなくなっていた。楽しいときは楽しい。悲しいときは悲しい。楽しくて悲しいとか、眠いのに元気とか、まるで自分のなかに自分が二人も三人もいるような、そんな賑やかな感覚を最近まったく感じなくなっている。

高校のころには何をどうしていいのか分からなかったような感覚が、経験を積み、何をどうすればよいのか分かるようになってきたのだろうか。

東京ドームで「Something Just Like This」という曲を聴きながら、解決されないことに鷹揚《おうよう》だったあのころが、なぜかとても懐かしくなっていた。

二度目のハワイ

日ごろ、悩むといって小説のタイトルほど悩ましいものはない。

最初からピタッとはまるタイトルが浮かんでいることは稀《まれ》で、ほとんどの場合、連載が始まる前の数ヶ月のあいだ、それこそ吐き気がするほど考えに考えて、どこかに良いタイトルが落ちてないかと出かけた散歩からいつまでも戻れぬこともある。

なので、人さまのものでも良いタイトルに出会うと、嫉妬する。たとえば、目の前の本棚を眺めただけでも、近松門左衛門《ちかまつもんざえもん》の『曽根崎《そねざき》心中』、チャールズ・ブコウスキーの『町でいちばんの美女』、川端康成の『山の音』など、まさにその見本で、このようなタイトルを見るたびに、

「これ、自分が書いたことにならないかなー」

と、本気で思ってしまう。

小説だけではなく、本誌『翼の王国』の「二度目の○○」という連載も、シンプルだが秀逸なタイトルだといつも感心している。なんというか、旅情を誘うのはもちろんだが、一度目と二度目のあいだに流れた時間まで見えてくる。

そういえば、今回、我が事でいえば「二度目のハワイ」を経験した。ただ、前回、行ったのが別の島だけだったので、今回は二度目のハワイとはいえ、初オアフ島、初ワイキキとなる。

このワイキキ、日本で一番知られたビーチではないか（国内外問わず）と思うほど本当によく耳にする場所だが、正直なところ、あまり良いイメージは伝わってこない。人が多く賑やかすぎて湘南と六本木を足して二で割ったような感じであるとか、日本人ばかりなので「東京24区（ちなみに東京は23区まで）」と呼ばれているとか……。

そんなイメージのせいもあったのか、なんとなく行かなくてもいい観光地として頭にインプットされていたので、前回もワイキキのあるオアフ島は乗り換えただけで、直接、別の島に行ってしまった。

今回、ワイキキで泊まったのはハイアット リージェンシー ワイキキビーチという老舗《しにせ》ホテルでワイキキビーチが目の前、案内された部屋もオーシャンビューで、「これぞ、一度目のザ・ハワイ！」という感じだった。

到着したのは昼すぎだった。機内でもたっぷり眠れたし、早速、水着に着替えてビーチへ向かった。

ホテル前のカラカウア・アヴェニューを渡ると、高い椰子《やし》の濃い影の向こうに真っ青なワイキキのビーチが広がっている。

まず驚いたのは、その気持ちのよい風だった。これまでにも世界各国のいろんなビーチに行ってきた。石垣島《いしがきじま》、ロサンゼルスのサンタモニカ、タイのプーケット、ポルトガルのカスカイス……、どこも本当に素晴らしかった。ただ、そのどことも、ワイキキの風は似ていない。

どう表現すればいいのか分からないが、タオルのような風だった。うっすらと汗ばんだ肌や、海から上がった濡れた体をそんな風が撫《な》でていくのだ。

白い砂浜に出ると、噂《うわさ》通り大勢の人出だった。色とりどりのパラソルの下、日を浴びた熱い砂の上、白い飛沫《しぶき》が上がる波打ちぎわ、そここに世界各国からの旅行者たちが思い思いの格好でのんびりと時間を過ごしている。ビーチはもとより遠浅の沖合でも混み合ったサーファーたちが絶好の波を待っている。

白い砂浜を歩きながら、どちらに目を向けても既視感のある風景だった。ワイキキビーチ沿いに建ち並ぶ高層ホテル群。振り返れば、神々しいほどのダイヤモンドヘッド。

そして何よりも、どこまでも青く美しい海。いわゆるハワイ。その地名を聞けば、誰もが思い浮かべるハワイの景色に囲まれていた。

おそらく、ぼくと同じでさっき着いたばかりだと思われる日本人の学生三人組が、しきりにスマホで写真を撮っていた。たぶん、彼らも初ハワイなのだろうと思う。スニーカーにジーンズにパーカ、三人とも決して厚着ではないのだが、それでもここワイキキだと、真冬の格好でもしているように見える。赤いパラソルの下では恰幅《かっぷく》の良い白人の年配のご夫婦が、小さなカップアイスを一つ、交互に一口ずつ食べている。貸しパラソルの受付係の男性が、とつぜんTシャツを脱ぎ捨てて、そのまま海まで走って飛び込む。砂浜に残った彼の足あとの上を、主人に連れられた大きなゴールデンレトリバーが歩いていく。

なんとなく、このビーチにいるのは、ほとんどが初めてハワイを訪れた人たちなのではないだろうかと思えた。もちろんリピーターは多いだろうし、地元の人たちだっているのだから、そうでないと頭では分かっているのだが、なぜか、ここにいる誰もが自分と同じように初めてワイキキを目にして感動しているように見えて仕方なかった。

そこで、なるほど、と気がついた。海外に行くと、行った先で気後れさせられることが多々ある。まるでその場所で自分だけが浮いているようで、とても緊張してしまうのだ。

だが、ここワイキキにはそれがない。ないどころか、ワイキキという場所は、

「気後れなんかしなくていいよ」

と、そっと肩を叩いてくれるような雰囲気なのだ。

そういえば、大好きな『男はつらいよ』という映画でも、競馬で大穴を当てた寅さんが、世話になっているおじちゃんとおばちゃんをハワイに連れていってやるというエピソードがあった。

シリーズ第四作目なので公開は昭和四十五年。今から五十年近くも前のことになる。

結局、寅さんたち初のこの海外旅行は、出発間際にある事情で行けなくなってしまうのだが、それでもまだ当時、海外旅行に行くとなれば一大事。出発の朝には町内の人たちが見送りに集まってのお祝いムード、お寺の御前様は旅行安全のお札を持参し、着慣れぬよそ行きの服を着たおばちゃんは、「少しは英語しゃべれるようになったかい?」と町内の人にからかわれ、

「わたしゃもうね、向こうでは一切口をきかないことに決めましたよ!」

と、喜びと晴れがましさと気恥ずかしさで顔を真っ赤にする。

時代は変われど、初めての海外旅行となれば、今でもこんな会話が日本中で交わされ

ているのではないだろうか。

そんな初めての海外旅行者たち。喜びと晴れがましさと緊張と期待と不安と、そんないろんなものをひっくるめて旅に出てきた初心者マークの旅行者たち。そんな日本人たちを、どこよりも多く受け入れてきたのが、ここハワイ、そしてここワイキキなのかもしれない。

そう気づいて、改めてワイキキビーチを眺めた。初めて来たのに、もう何度も見たことのあるその風景を眺めた。

期待と不安で興奮した夜を機内で過ごし、ドキドキして入国審査官の質問を受け、初めてパスポートにスタンプを押してもらったばかりの、何十万、何百万人もの旅行者たちに、もう何十年ものあいだ、夢と感動を与え続けてきたのが、このワイキキなのだ。

その偉大な功績とあたたかさに、ふと涙がこぼれそうになる。

我が家の愛猫たち、祝！　テレビ初出演

ここ最近、自宅が賑やかだった。

というのも、ほんの出来心でテレビ出演をオーケーしてしまったからなのだが、ちなみに出演するのはＮＨＫ・Ｅテレの「ネコメンタリー　猫も、杓子《しやくし》も。」という番組、……そう、主役はうちの飼い猫たちである。

なんでも番組ディレクターの寺越陽子《てらこしようこ》さんが、この『翼の王国』のコラムで以前書いた猫たちの話を読んでくれてのオファーらしい。

ただ、出演依頼のメールを受け取ったときには、（元来、テレビ出演が苦手なこともあり）いつものように「明日、お断りのメールしなきゃ」と思っただけであった。しかしその夜、うちの飼い猫である金ちゃんと銀ちゃんが夢に出てきたのだ。

寝ていると、二匹揃《そろ》ってベッドの上にきて、改まった感じで正座する（夢です）。

「な、何？」

と、二匹に尋ねれば、

「あのさ、二人でちょっと相談したんだけど、例のテレビ、出たいんだよね」

と言うのである。

翌朝、へんな気分で目が覚めた。夢だと笑ってしまえばいいのだが、妙に真剣だった二匹の眼差《まなざ》しがはっきりと記憶に残っている。

「ほんとに出たいの？」

寝起きの二匹を順番に抱き上げてみるが、とうぜん夢の中での真剣さはすでになく、いつものように身をよじって逃げるだけ。

なんとなく部屋を見渡してみた。猫たちが主役となれば、彼らの生活舞台であるリビングや寝室での撮影は必至だろうし、となれば、一人暮らしではないので勝手には決められないし、万が一、出演を決めても今度は掃除が大変である。

と、このときなぜか出演の方に考えがなびいたのは、今年の始めに亡くなった父の顔がぼんやりと浮かんだからである。

実は、昨年、現在のマンションに越してきた。だだっ広いベランダが付いていた以前のマンションに比べると、ちょっと手狭にはなったが、昔から暮らしてみたかった界隈《かいわい》への引っ越しだった。

「今度、東京におまえの新居ば見にいくけん」

「うん、いつでも来んね」

「そんときは、相撲のチケットば取ってくれろ」

「じゃあ、今度の五月やね」

考えてみれば、この電話が父との最後の会話になったのだ。

以前からテレビやラジオに出るのが苦手だった。出たところで気の利いたことが言えるわけでもないので、なんとなく断り続けてきた。ましてや自宅を公開するなど、これまで考えたことさえなかった。

ただ、この番組に出れば、亡き父にも見せてあげられるような気がしたのだ。

さて、ということで、出ると決まれば話は早い。しかし、こちらが出たくても、（夢の中では出たいと言ったが）現実世界の猫たちの気持ちもある。

もともと、銀ちゃんのほうは人懐っこくて、誰が来てもすぐに近寄り、宅配便の人にもついていこうとするので安心だが、かたや人見知りの金ちゃんが不安である。

普段は、誰か知らない人が家に来ると、どこかに隠れて一切出てこない。

そこで、とりあえずディレクターの寺越さんとカメラマンの佐藤《さとう》英和《ひでかず》さんに会ってもらうことにしたのだが、不思議なことはあるもので、典型的な内蛤《うちはまぐり》の外蜆《そとしじみ》である金ちゃんが、このときばかりは、それまで見せたこともないような可愛い仕草を連発するのである。

これなら大丈夫だ、ということで、翌週から本格的な撮影が始まった。

自宅での撮影となれば、まずは掃除。

朝から掃除機をかけ、床を拭き、ついでに金ちゃんと銀ちゃんの目やにをとってやって、ブラッシングして……、とやっているうちに、あっという間に約束の時間である。

いらした二人の前でも、やはり二匹とも動じない。小心な飼い主と違って大したものだと誇らしく思っていると、普段は自分のほうが人気者である銀ちゃんが、初めてその座を金ちゃんに奪われたせいか、機嫌を損ねて姿を消してしまった。

「まあ、すぐに出て来ますよ」

そう言って、近所のカフェに一人コーヒーを買いに出かけたのだが、帰ってみると、リビングではやはり佐藤さんが金ちゃんを撮影しているのに、ディレクターの寺越さんと銀ちゃんの姿が見えない。

「寝室にいますよ」

言われて行ってみると、たしかに寺越さんが床にへばりついて、ベッドの下を撮影している。

「銀ちゃん、そこですか?」

横に同じようにへばりついて覗《のぞ》き込んだ。たしかに、むすっとした顔で銀ちゃんがいる。

「銀ちゃん……」

よりによってそこか……と、思わずため息が出る。

朝から汗だくになって、隈《くま》なく掃除した。ただ、掃除機の充電が切れたせいもあって、

「まあ、ここはいいか」と、唯一、手を抜いたところがベッドの下だったのだ。

むすっとした銀ちゃんが埃《ほこり》にまみれているその場所を、寺越さんが「銀ちゃん、怒っちゃいましたかね?」とカメラでじっくりと撮っている。

テレビ、恐るべし、と改めて思う。

もちろん寺越さんに対してクレームがあるわけではない。あえて言えば、銀ちゃんにあるのだが、猫にクレームをつけるほどの徒労はない。

幸い、その後、銀ちゃんの機嫌も直って、撮影は快調だった。

「吉田さんって、猫にぜんぜん話しかけないんですね」

と言われ、そうか、もっと分かりやすく愛情表現したほうがいいのかと反省もしたが、

今回の撮影で何より嬉しかったのは、「金ちゃんと銀ちゃんの吉田さん好きは、どこの猫ちゃんたちよりすごいです」という感想だった。

もちろん、思いのほか長かった撮影時間へのお詫《わ》び代わりでもあったのだろうが、これほど飼い主冥利に尽きる言葉はない。

すべての撮影が終わった日の夜、猫たちへのギャラとして、とっておきのキャットフードをあげた。

「お疲れさまでした。親孝行に協力してくれてありがとう」

こちらの気持ちを知ってか知らずか、二匹は素知らぬ顔で珍しいエサにがっついていた。

龍の鳴き声　九頭龍神社

よく晴れた日で、芦ノ湖《あしのこ》の湖面が輝いていた。

箱根仙石原《せんごくばら》のホテルにのんびりと一泊した帰り、気が向いて車を芦ノ湖へ向かわせた。

箱根へはこれまでにも何度となくドライブに来ているのだが、芦ノ湖湖畔にある九頭《くず》龍《りゅう》神社を一度訪ねてみたかった。

「小さな神社なんですけど、ひっそりしてて雰囲気あるんですよ」

以前、俳優のMさんからそんな話を聞いていた。

ちなみにこのMさん、僕が敬愛する役者さんなのだが、とにかく人生の楽しみ方に鼻が利く方で、しばらく休みが取れると、ふらりと旅に出て、ふらりと入った渓流沿いの旅館に長逗留《ながとうりゅう》なさったりする。

「ああいう旅館には面白い人がいるんですよ。同じように長逗留していると、夕食の席なんかで顔を合わせているうちに、酒なんかも酌み交わすようになるでしょ。で、話を聞いてみると、その人は東京の会社をもうずいぶん前に定年退職された方で独り身。その旅館は一泊二食付き七千円ほどだから一ヶ月で二十万円ちょっと。東京にマンション借りて下手な料理作りながら生活するよりよっぽど安くつくって、住み着いちゃったらしいんですよ」

ちなみにこの方、晴れていれば、渓流でヤマメを釣ったり、雨に降り込まれれば、部屋で本を読んだりと、なんとも羨ましい毎日らしく、

「最近は、僕が東京で舞台やるときなんか、旅館の女将《おかみ》さんや仲居さんたちを誘って、わざわざ観に来てくれるんですよ」

というような話をしてくれるMさんが、雰囲気のある神社だと絶賛するのが九頭龍神社だったので行かない手はない。

車を停めて、そこからのんびりと湖畔沿いの山道を歩いていく。さほど起伏はなく、木漏れ日、鶯《うぐいす》、木々を揺らす風、とにかく歩いていることが楽しくなってくる。十五分ほど歩いていくと、案内所があった。入場料を払ってなかへ入れば、湖畔沿いの斜面に立派なコテージが並んでいる。

「ホテルがあるんですね？」

案内所の女性に尋ねてみると、

「前は営業してたんだけど、イノシシが出るようになって、もうやってないんですよ」

「イノシシですか？」

聞けば、バーベキューなどをやると出てくるらしかった。

九頭龍神社はそこからまたさらに十分ほど歩いたところにあった。湖からは海とは違う優しい波音がする。

Mさんがおっしゃった通り、神社はまさに湖畔にひっそりと建っているのだが、この辺りの気というか、流れというか、そういったものがここに渦を巻くように集まっているような気配もあった。

これは帰ってから知ったことだが、この辺りでは龍の鳴き声が聞こえるという。散歩の途中、たまに桟橋が揺れるときの、何かが軋《きし》むような音が聞こえていたのだが、まさかあれが龍の鳴き声だったのだろうか。

思い起こしてみれば、二十歳のころに、初めて買った車を廃車にしたのが、ここ箱根の山だった。

というのも、その買った車がひどいもので、諸経費込みで二十万円ほど、「車検が一年も付いてるんだから、奇跡みたいにお買い得の車だよ」と、中古車ディーラーの販売員に勧められ、「たしかにそうかも」と、当時、それこそ清水の舞台から飛び降りるつもりで大枚をはたいて買ったのだった。

だが、やはり安いだけの理由はあって、なぜかこの車、走り出して十キロになると、必ずエンジンが止まった。もちろん停車したときに止まるので安全ではあるのだが、そうなると、運転席を降りて車を押し、路肩で何度かエンジンをかけ直さないと戻らない。

ドアを開け、えっちらおっちら車を押すのである。当時、住んでいたのが世田谷《せたがや》区の千歳烏山というところだったので、都心へ向かうと、だいたい十キロ地点が新宿だったのだが、都会も捨てたもんじゃなく、一人で車を押していると、必ず誰かが歩道から走ってきて手伝ってくれた。そして手伝ってくれるのは、どちらかといえば怖そうなタイプのお兄さんたちばかりだった。

それでも、車を路肩に寄せて、しばらくキーを回し続けていれば、必ずエンジンはかかったし、次の十キロ地点で止まることはもうなかった。

初めての愛車でもあり、もちろん最初はディーラーに騙されたと憤慨もしたが、それでも乗っているうちにだんだんと愛着も湧いてくる。ただ、最初のころは喜んでドライブに付き合ってくれていた友人たちも、必ず十キロ地点で車を押させられるので、次第に乗ってくれなくなる。となると、ますます我が子が不憫で可愛くなる。

ちなみにこの車、桃子と命名し、本当にいろんなところにドライブした。エンジンがおかしいのだから、エアコンなど使えるはずもなく、真夏は汗だくで、真冬は震えながら、それでも海へ山へと青春を共にしてくれた。

それがある日、富士山の五合目まで行った帰りの箱根の山道で、いよいよ動かなくなってしまったのだ。

クラッチペダルの調子が悪かったので予兆はあったものの、いつものように信号待ちでエンジンが静かに止まってしまうと、あとはいつものようにいくらキーを回しても、ふたたびエンジン音を響かせることはなかった。

ＪＡＦを呼んで、桃子はレッカーされた。

山麓の駅まで、そのレッカー車の助手席で送ってもらった。駅で降ろされ、主人と別れてレッカーされていく桃子の姿に、バカみたいに涙が出そうだった。まだ二十歳そこそこのくせに、なにか一つの時代が終わったような、そんな気分だったのだと思う。

後日、修理代の見積もりが届いた。買った値段より高かった。

「廃車で」

即答だったが、箱根の山道を連れられていった桃子の姿は、未だにはっきりと覚えている。

九頭龍神社を参拝したあと、ふとそんなことを思い出したせいか、せっかくだから富士山に登って帰ろうと、車を御殿場《ごてんば》へ走らせた。

途中、調べてみると、あいにくマイカー規制の時期に入っており、富士スバルラインを使えないことが分かり、急遽、河口湖から富士山を眺めて帰ることにした。

河口湖湖畔のカフェでソフトクリームを舐めながら、見上げる富士山もまた格別だった。中国や韓国からの観光客の人たちも同じようにブルーベリーソフトクリームを舐めながら富士山を眺め、ラベンダー畑では子供たちが元気に駆け回っていた。

SLEEP NO MORE in NEW YORK

その芝居は夜の十一時すぎに始まった。

肌寒い夏の終わりのニューヨーク、場所は倉庫街の雰囲気がまだ残るチェルシー地区の廃ホテルである。

タクシーを降りると、風の吹きすさぶ通りのレンガ塀をオレンジ色の街灯が照らしている。見れば、いかにも廃ビルといった建物の前に、クラブの入場を待つような長い列がある。

ちなみにこの芝居、タイトルを『Sleep No More』というオフブロードウェイの作品で、上演時間は三時間ほどだろうか、観客は開演から十五分おきに順番に入場できる。

長い列が縮まり、いよいよ入り口に近づくと、やはりクラブのガードマンのような黒服の男性が立っている。手の甲にスタンプを押してもらって入場するのも、なんとなくクラブチックで、そこから長い廊下を進むと現れるのは、デカダンの雰囲気漂うホテルのラウンジで、一言で表現すれば、デヴィッド・リンチの『ツイン・ピークス』や『ブルーベルベット』の世界に迷い込んだとでも言えばいいだろうか。

このラウンジは実際にラウンジとして機能しており、シャンパンなどを注文することもできれば、小さなステージではジャズが演奏されていたりする。

そのうちグループごとに呼ばれるのだが、ここで観客の一人一人に（『オペラ座の怪人』のような）白い仮面が渡される。

二十人ほどだろうか、隔離された部屋で簡単なルールが告げられる。とはいえ、そのルールはたったの二つ。

1、決して仮面をとらぬこと。

2、決して口を開かぬこと。

観客たちはそのままエレベーターに乗せられて、おそらく四階か五階に運ばれる。そしてエレベーターの扉が開けば、そこは真っ暗な廊下で、その先の非常階段を上階へ向かおうと、下階へ降りようと、あとは観客たち一人一人が決めて、好きなようにこの廃ホテルの内部を歩き回るのだ。

なるべくネタバレしないように、この芝居の趣向を説明させてもらえば、舞台となる廃ホテル内には、さきほどのラウンジはもちろん、ホテルのフロント、各客室や巨大なホール、はたまた墓場のような空間まで、とにかくいろんな部屋や場所があり、そのあちこちで仮面をつけていない役者たちが、それぞれの役を演じている。

ちなみに、シェークスピアの『マクベス』を元に、このホテル内で様々な物語が動いていると言えばいいだろうか、そして観客たちは思い思いに役者たちのあとをついて歩いたり、あるときはその役者に手を取られ、下階のホールへ導かれたりと、そこで誰と出会い、どこへ向かうのか分からないという新感覚の体験をすることになる。

とにかくホテル全体が薄暗いので、最初は歩くのも大変だし、狭い廊下で自分と同じ仮面をつけた客にバッタリと会った瞬間、悲鳴を上げそうにもなるのだが、慣れというのは恐ろしいもので、三十分もそんな空間にいると、次第に度胸もついてきて、深刻な表情で手紙を読んでいる役者の背後から、その手紙を覗き込んでみたり、風呂に入っている女性を真横で眺めたりと、見方も大胆になってきて、気がつけば、まるで自分もこの世界の住人になったような気がしてくる。

最後のほうなど、さすがに歩き疲れて、ロビーのソファで休憩していると、まさにそのソファを使って、ホテルのフロント係の男と黒いドレスの女が踊り出すものだから、慌てて立ち去ろうとしたのだが、なぜかフロント係の男に手首を摑まれ、結局、そのダンスが終わるまで、そこから動けず、大勢の観客たちの視線に晒《さら》された。自分を取り囲む、あまたの白い仮面。

これまで経験したことのない恐怖感である。

という感じで、数年に一度、弾丸ツアーでニューヨークに行き、観られるだけの芝居を観るという旅行をするようになって何度目になるだろうか。

とにかく目的は観劇。それこそ時間がなければ、夕食はマックでも可という旅程だが、こうやって大当たりの芝居に出くわすと、当地や帰国後のひどい時差ボケにも負けず、ニューヨークに行った甲斐《かい》もある。

今回もブロードウェイでいくつかの芝居を観たが、本当にいつ行っても感心させられるのが、ここブロードウェイの観客の質の良さだ。

決して大きくはない椅子に、決して小さくはない人たちがぎゅうぎゅうに詰まっての観劇だが、隣の人がとにかくこの夜を楽しんでいるのが、そのぶつかる肘や膝から伝わってくるので、なんだかこっちまで楽しくなってくる。開演前にはあちこちで記念撮影、もちろん舞台をバックに写してくれるのは後列のお客さんで、そのお客さんもまた、その後列のお客さんに携帯を渡す。そして舞台が始まれば、やんやの歓声。知ってる歌なら、こちらも歌うし、役者が圧巻の歌声を聴かせてくれれば、こちらも負けじと圧巻の声援と拍手で応える。

要するに、舞台に立っている役者たちが、ここに立つまでに費やした膨大な時間への敬意がはっきりとそこにあるのだ。それはとてもフェアな光景で、その場にいて、とても居心地がいい。

そういえば、今回はたまたまUSオープンの時期と重なっており、昼間にクイーンズのアーサー・アッシュ・スタジアムに、ラファエル・ナダル選手の試合の観戦に行くことができた。

さて、こちらのテニス観戦もまったくの初体験で、まず何に驚かされたといって、幾つものコートのある会場の内の、その爽やかなお祭り騒ぎである。

会場にはハンバーガーはもちろん、韓国式の弁当を出す店までずらりと並び、あちこちのコートから歓声が上がるなか、みんな楽しげに時を過ごしている。

そしてやはりここでも、コートに立つ選手たちに対する観客たちの敬意は同じで、メインコートの試合であれ、タダで見られるサブコートに立つ選手であれ、素晴らしいショットが決まれば心からの拍手と歓声を送る。

この日、たまたま大坂なおみ選手の試合をやっていた。とにかく迫力のある試合で、サブコートではあったが、気がつけば客席は満員となっていた。

そのなかに印象的な女性がいた。関係者なのか一般の客なのかは分からないが、大坂選手がポイントを取るたびに、またポイントを取られるたびに、とても小さな声ではあったが、

「Go Naomi」


と呟《つぶや》いていたのだ。

おそらくこの小さな声援は、大坂選手の耳には届かない。ただ、何十回、何百回と呟かれたこの小さな声援が、いつの日か前夜に見た有名ミュージカルの劇場で起こった大歓声へと変わっていく様子がとても鮮やかに想像できた。

人生いろいろ、ジンクスいろいろ

わりとジンクスを信じるほうである。

この前の芥川賞を沼田真佑《ぬまたしんすけ》さんという方が受賞したのだが、この方、デビュー作でいきなりの受賞であった。現在、芥川賞の選考委員を務めているので、お祝いの席に顔を出したのだが、その際、沼田さんが原稿を担当編集者に送る前に行う儀式のようなものがあると言い出した。

「やっぱり原稿を送るって緊張するじゃないですか」

そこですかさず、

「分かるなぁ、その気持ち！　俺もメールで原稿送るたびに、未だにある事やってるもん」

と口を挟んだ。

沼田さんはまだデビューしたての新人なので、この手のジンクスを信じる姿が、その場にいた編集者の方々の目には初々しく映ったらしいのだが、さすがにこちらはすでにデビューから二十年の中堅作家、あいにく初々しくは映らず、どちらかといえば不気味に見えたらしい。

「ええ！　吉田さんも何かやってんですか？」「新聞連載とか、ほぼ毎日送るでしょ？」「そのたびに？」「えー？　何やってんですか？」

なんか気持ち悪い……、とまではさすがに言われなかったが、そんな雰囲気ではあった。

中堅だろうがベテランになろうが、編集者に初めて原稿を送るときの不安というものは、新人のころとまったく変わらないのである。

儀式と言っても、原稿を床に置いて、その周りで踊ったり、原稿を持って五体投地するといった類《たぐい》のものではもちろんない。ちょっとした願掛けをするだけのことなのだが、未だにこの願掛けを忘れて送った原稿は、なぜかうまくいかないような気がしてならないのだから不思議だ。

ちなみにこの願掛けの詳細については照れくさいので省略させてもらうが、実は、なぜか信じてしまっているジンクスがもう一つある。こちらは風呂に関するもので、たとえば何かの知らせを待っているときに、呑気に風呂に入ってしまうと、必ず伝えられるのが悪い結果であるというものだ。

なので、今日は何かの返事が来る、というような場合は、連絡が来るまで風呂には入らない。風呂どころかシャワーも浴びないし、ど忘れしてスポーツクラブに泳ぎにいったとしても、直前で思い出せば、プールサイドでくるりと踵《きびす》を返して帰ってくる。

ところが、すっかり秋も深まってきた先月、友人に誘われて長野県の七味《しちみ》温泉に出かけてしまったのである。

この七味温泉、東京から見ると、草津の少し先というか長野市の少し手前というか、そんな山間地にある隠れ湯で、決してアクセスがいいとは言えないのだが、硫黄強めながらピリリとはせず、しっとりとした乳白色のそのお湯は、紅葉の渓谷に抱かれた野天風呂というダイナミックな雰囲気とともに、久しぶりの大ヒット温泉であった。だがこの日、ある知らせが来ることをすっかり忘れていたのだ。

簡単に言えば、待っていたのは、あるものが売れたか売れなかったかという知らせだった。長く売りに出していたこともあり、なんとなくこのときがラストチャンスか、というタイミングであった。

そんなことも忘れて、秋晴れの高い空の下、呑気に野天風呂に入ったのだが、このしっとりとした硫黄泉をしばらく堪能していると、ふとあることに気づいた。

手のひらがなんだか黒ずんでいるのである。

「ん？　ここのお湯の特徴か？」

くらいに思って、さほど気にもせずにいたのだが、野天を出て内湯に向かったところ、カランの鏡にちらりと自分の尻が映り、猿の赤い尻ではないが、そんな感じでこちらは黒い尻である。

以前、温泉に入ると体の毒素が出てくるから肌の色が変わるというような迷信を、どこかで聞いたことがあるようなないような気がして、ならば他の人も？　と野天風呂を見回してみたのだが、こんなにたっぷり毒素が出ている人などいるはずもない。

なんとなくこの辺りでヘンな病気なんじゃないかと不安になっていると、タイミングよく湯守の方がやってきた。

早速、黒い手のひらを見せて尋ねてみれば、

「ああ、それね、簡単に言えば、黒い湯の花。風呂の底に溜まってるの」

「なーんだ」

聞いてしまえばなんてことはない。さっき重病説まで信じそうになっていた自分に呆《あき》れる。

が、ふとそこで気づく。

「あ、でも、なんで他の人は黒くなってないんですか？」

実際、猿の黒い尻をしているのは僕だけなのである。

「ああ、それはね、お客さんが人と同じところに入らないからよ」

「え？　人と同じところ？」

「不思議なもんでね、人間ってのは、こんなに広い風呂でもだいたい入るところ決まってるの。ほら、そこから入って、右に行く人はあの岩の裏、左に行く人はあの辺り。人が入るところは湯の花も溜まらないでしょ。だから黒くならないの。でも、お客さんは人と違うところばっかり行くんだね。真っ黒だもん」

実際、どれだけ単独行動したんだよ、というほど、僕だけが真っ黒なのである。

とはいえ、理由さえ分かってしまえば、あとはさらにゆったりと硫黄泉を楽しむだけである。黒いのが湯の花だと思えば、まるで自分だけがこの湯の効能を独り占めしているようでさえある。

さて、そんな心持ちで風呂を出て、天気も良かったので、そのまま草津方面へドライブに行こうと車に戻ったときだった。

なんとなく手にした携帯に、例の結果を知らせる留守電が入っている。

今さらも今さらだが、

「あっ、風呂入っちゃった……」

ジンクスを思い出して思わず声が漏れる。

すぐに留守電で結果を聞こうとしたのだが、往生際が悪いというか、少しでも時間を置けば風呂に入ったことがなかったことになりそうな気がするというか、とにかくここでは聞かず、草津へ向かう途中、たとえば白根山《しらねさん》の絶景ポイントに車を止めて、そこで結果を聞けば良い方に転がるような気もして、実際そうしてみたのだが、やはりジンクスというのはあるようで、白根山の絶景ポイントで聞いたところでダメなものはダメらしかった。

それにしても、こんなに風呂好きな人間のジンクスが、何か知らせがある時は風呂に入るなとは。

実に世の中ままならぬものである。

みなさんもそんなジンクスお持ちでしょうか?

新宿歌舞伎町の懐

さて、新年早々、歓楽街の話で恐縮だが、みなさんは歌舞伎町《かぶきちよう》という地名の由来をご存じだろうか。

世界的に知られた町ではあるが、存外、その由来を知らない方は多い。

現在、「歌舞伎座」といえば東銀座にあって、新宿にはない。

ただ、戦後、ここに歌舞伎興行を行う劇場「菊座」を建設しようという計画が立ち上がった。「新宿第一復興土地区画整理組合」という早口言葉のような団体が主導して、焼け野原だった新宿一帯を復興させる計画の一環だったらしい。

ちなみに当時の芸能史のほうへも分け入ってみると、現在は松竹が母体の歌舞伎であるが、そのころ東宝歌舞伎なるものが設立され、そちらへ移籍した役者たちも多くあり、彼らが中心となって立つ劇場になる予定もあったのではなかろうか。

あいにくこの「菊座」建設は頓挫するのだが、その代わりに建てられたのがあの新宿コマ劇場で、早口言葉のような団体の当初の壮大な目論見であった「新宿をアミューズメントセンターを中心とした一大商業地にする」という計画は、その形を変えつつも継続されたことになる。

ところで、当然だが、新しい町を作るとなれば、その名前をどうしようかという話になる。

劇場が「菊座」なので「菊町」という案もあって、わりと本命だったという。最終的に「歌舞伎」をやる町なのだから「歌舞伎町で」となったようだが、本来の歌舞伎は抜け、町名だけ残っているというのもまた新宿らしく「ゆるく」て良い。

この歌舞伎町、個人的にも馴染《なじ》み深い。というのも、学生のころにこの辺りでよくバイトをしていたからで、歌舞伎町の目抜き通り「一番街」のやきとり屋を筆頭に、裏路地のバーボンバー、競馬好きが集まる喫茶店など、わりと長い時間をこの町で過ごしている。

八〇年代の終わりから九〇年代の初頭、まだこの辺りは昭和の名残（実際、八〇年代はまだ昭和だったわけだが）というか、もっというと戦後の名残のようなものがあり、ネオンが明るければ明るいほど裏路地は暗いというか、そんな様々な境界がくっきりと浮かんで見えていた。

この歌舞伎町の一画にあるゴールデン街なる飲屋街に通い出したのは二十代の後半だった。客が十人も入れば、外へ溢《あふ》れ出てしまうような小さなカウンターバーが百店ほど集まった界隈で、最近では海外のガイドブックにも載っているので、狭い路地を歩いている酔客たちの半分以上が外国からの観光客。若い人たちが出店したオシャレな店も増え、毎夜が昭和時代のクリスマスイブのような賑わいを見せている。

もちろん、取り立てて危険な界隈でもない。

ただし、僕が通い始めたころはまだ事情が違った。いわゆるぼったくりバーが普通にあったし、何よりどの店に入ってもそこで飲んでいるのが、世間に対して不満ありげなおっさんの一人客ばかりで、ＢＧＭはちあきなおみ、僕のような二十代の若造など隙あらば絡まれた。

それでも間違いなく一人で飲みに行ける町だった。飲む相手が見つからない夜だとか、逆に誰とも話したくない夜、そこへ行けば町が何も言わずに迎え入れてくれた。

残念ながら、ここ最近のゴールデン街は賑やかなグループ客が主体なので、一人で行くのはハードルが高くなっており、あのころ一人で飲んでいた人たちは、今ごろいったいどこで飲んでいるのだろうか……、ちゃんと居場所は見つけただろうか……、と我が事も含め心配している。

そんなゴールデン街ではあるが、未だにときどき通っているのは、友人の店があるからなのだが、この友人ママがとにかく丁々発止のよく喋る人で、とうぜん店も賑やかになる。たとえば飲食店でグラスや皿が落ちてうるさい音が立つことがあるが、四六時中そんな感じといえばいいか……。ただ、鳴り響くのが皿の割れる音ではなく、笑い声なので居心地はいい。

そのママが昨年の暮れ、ゴールデン街から一本道を挟んだところに二店舗目のカラオケスナックを開店させた。

店をやる前からの友人なので、「ああ、彼女も頑張ったなあ。一軒目もずっと繁盛させてすごいなあ」と、そこまでは感心しきりだったのだが、この二軒目のカラオケスナックを、このエッセイにもたびたび出てくる由美さん（六本木にあったラウンジのママで、私が東京の姉と慕っている）に任せるというのである。

正直、驚いた。

由美さんは現在六本木の店を閉めて、セミリタイヤのような身だったが、聞けば、手伝う気満々らしい。

二人の共通の知り合いとして言わせてもらえば、この二人、まったく共通点がない。

ゴールデン街のママである仮にEちゃんが全身ピンクだとすれば、由美さんは全身黒。Eちゃんが太鼓だとすれば、由美さんは鈴。Eちゃんが雷だとすれば、由美さんは霧。Eちゃんがとんこつラーメンだとすれば、由美さんは十割そば。

とにかく性格も見た目も正反対だし、何しろ、それぞれがやっている店の雰囲気も客筋もまったく違い、唯一、共通点があるとすれば、「二人とも、悪い人間ではない」という一点のみなのである。

「大丈夫?」

思わず二人に尋ねてみるも、

「あら、逆にぜんぜん違う方が楽なのよ」とは由美さん。

「え?　そんなに違う?」とはEちゃん。

ほら、違うじゃん、と言いたいのをグッとこらえて、しばらくそんな二人を眺めてみれば、仲が良いのか悪いのか、話が合うのか合わないのか、よく分からないけど姉妹のように見えなくもない。

とはいえ、この二人が同じ店にいるというのがまったく想像できない。みんなが拡声器を持って喋っているようなEちゃんの常連客相手に、にこやかに頷《うなず》いている由美さんも想像できなければ、世界各地の酒の種類について静かに語っている由美さんの常連客を相手にしているEちゃんの姿など、口を挟みたくてうずうずしすぎて倒れるんじゃないかとさえ心配になる。

と、ここまで一人勝手に心配して、ふと、いらぬ心配かもと思う。

店ができるのは新宿歌舞伎町である。ある意味、なんでもありの町だったからこそ、これだけの魅力を備え、世界各国から大勢の人たちが集まってくるようになったのである。

これとこれが合うわけがない。あの人とこの人が合うわけがない。そんな固定観念を取っ払ったところに見える新しい景色というものがあるはずである。きっと早口言葉のような団体が歌舞伎町を作ろうとしたときも、同じような心配と期待はあったはずだ。

結局、合うも合わないも、まずは会ってみないと分からない。

とにかく会ってみる。とにかく言葉を交わしてみる。とにかく微笑み合ってみる。

何事も、まずはそこから。

ふと、年頭にそんなことを思う。

鼻が利く人

いわゆる鼻が利く人というのがいる。特に飲食店に関して鼻が利く人は、無条件で尊敬してしまう。

先日、歌舞伎役者の四代目中村鴈治郎《なかむらがんじろう》さんとお食事する機会があった。芝居がはねたあと、楽屋口で待ち合わせて、どこかにふらりと行きましょう、ということだった。

本来なら、こちらで下調べしなければならないのだろうが、先ほどの鼻が利くということにおいては、この鴈治郎さんほどの凄腕《すごうで》を知らない。

場所は日本橋浜町《はまちょう》から人形町《にんぎょうちょう》辺り。明治座の近所なので、役者さんたちにとっては庭のようなところではある。

この日も待ち合わせた楽屋口に現れると、

「行こ、行こ」

と、雁治郎さんはすたすたと歩き始める。

遅れないように早足でついていくと、通りを渡り、路地を抜け、まるで何かに吸い寄せられるようにどこかへ歩いていく。

ちなみに鼻が利く人というのは、なぜか全員、歩くのが早い。

「旨い居酒屋があるんだけど、入れるかなあ」

行きつけの店があるらしいのだが、人気店なので入れるか入れないかは運次第。そして、あいにくこの日は満席。

さて、どうしよう。

ここで、鼻の利く人がいるかいないかが大きく道を分ける。

鼻の利く人がいない場合、当然ながら、「まあ、その辺の店でいいですよね」となる。

しかし、鼻が利く人がいると、その鼻が黙っていない。

場所は賑やかな飲食店が並ぶ路地。雁治郎さんがあちこちの店を覗いて回る。ただ、味見するわけにもいかないのだから、確認できるのは店の雰囲気だけである。

おそらく、客筋、メニュー、混み具合などで判断するのだと思うが、常人には理解できぬ速さで判断が下されていく。混んでいるからいいというわけでもないらしい。

実際、この日、雁治郎さんが、

「ここ、ここ。ここにしよう」

と、暖簾《のれん》をくぐったのは牛鍋《ぎゅうなべ》の店で、畳に座布団、値段も決して高くなく、時間が遅かったせいもあって、ほとんど客もいなかった。ちなみに、雁治郎さんはさしの入った肉が苦手だったはず。

首を傾げながら入ってみると、この店、桜肉も扱っていた。

ちなみに私たちは牛鍋をいただいたのだが、この味付けの旨いことと言ったらない。ついさっきまで、「その辺の空いてる居酒屋でもいいんじゃないんですかー」と言いかけていた自分を叱りつけたくなる。

やはり「いい店、旨い店」というのは、足で見つけるものなのだと、雁治郎さんとご一緒するたびに思う。そしてまた、雁治郎さんのような方と一緒だと、東京の夜というものが、こんなにも楽しいところだったのかと再確認させてもらえる。

東京の夜といえば、こちらも楽しい一夜を過ごした。

場所は新宿にあるパークハイアット東京。言わずと知れた東京随一のラグジュアリーホテルである。

「パークハイアット東京が嫌いな女はいません」

これは、とある知人女性の言葉だが、となると「パークハイアット東京＝シャンパン」という公式も成り立つだろうか。

とにかくこのホテルの五十二階にあるバーで、『スペシャルジャズライブ at ニューヨークバー』なるライブがあり、出演はKYOTO JAZZ SEXTET、ボーカルにエンディア・ダヴェンポートというディーバを迎えての一夜限りのコラボレーションとある。

正直、ジャズに詳しくないので、本来なら気づきもしなかったライブなのだが、やはり東京の夜に鼻の利く人はおり、その一人で、このエッセイにもたびたび登場するライターの田中敏恵《たなかとしえ》さんから誘ってもらった。

ちなみにこの方、初めて会ったときに八〇年代を席巻したジョン・ヒューズ監督作品について一晩話せたというくらい同世代な人で、「〇〇みたい」という会話中の比喩が一〇〇パーセント伝わるのでありがたい。

さて、この夜、誘ってもらったライブも素晴らしかった。いいライブというのは、何がいいといって、客がいい。もちろん演奏も肉感的だったし、ボーカルの声もシルクのようで見事だったが、その夜はスーパームーンだったこともあるのか、とにかく会場の客たちが彼らのライブを心から楽しんでおり、リズムに浸る者、旨い酒に浸る者、恋人との語らいに浸る者、いい音楽のある空間に、誰もが思い思いの姿で身を投げ出していた。

「あー、大人になってよかった」

ブルゾンちえみのネタのようだが、これはここ数年、田中女史とこのようないい時間をご一緒したときの合言葉で、もちろんこの夜も互いの口からついて出た。

そういえば、この夜、ホテルでとてもセンスのよい地図をもらった。

海外からの旅行客のために作られた新宿界隈を紹介する夜の観光マップなのだが、この時代に敢《あ》えて「紙」、おまけに「ミウラ折り」の広げるタイプというのが秀逸で、こんな超高級ホテルの泊まり客に紹介するエリアがまた、さすがラグジュアリーのなんたるかをよくご存じというか、歌舞伎町や新宿ゴールデン街はもちろん、ＬＧＢＴの新宿二丁目もあれば、赤提灯《あかちょうちん》の並ぶ思い出横丁から表参道・青山まで、決して一つではない東京の夜の顔が、楽しげなイラストとともに紹介されている。

その上、この地図、いい具合に不親切で、エリアは紹介しても、店までは教えてくれない。

前述の鴈治郎さんではないが、いい店は自分の足で探せ、という、まさに極上の旅の指南書なのである。

ここまで書いてきて、鴈治郎さんにしろ、田中さんにしろ、自分の周りに鼻が利く人のなんと多いことかと、改めてありがたく思えてくる。

自身の鼻はポンコツながら、この方たちとご一緒できることで、どれほど人生の喜びが増えているか。

と書いて、また気づいた。

いや、私も鼻は利くのかもしれない。知らず知らずのうちにこの鼻が、こういう方々を見つけ出しているのだから。

京都大人旅

寒いと覚悟して行った真冬の京都は、予想に反してやわらかな日差しが降り注ぎ、固く巻きつけたマフラーをはずすほどの陽気だった。

遅い新年会と銘打った大人の三人旅。

一応一泊二日の旅だったが、それぞれ忙しい日常を削るようにして作った時間だったので、現地集合・現地解散はもちろんのこと、これ幸いとばかりに、前日に京都での仕事を入れる者、大阪の親戚に会いに行く者と、旅行前後も忙しくなる。

この京都新年会、元はといえば、小学館の恩田裕子さんが京都の老舗料理店がつくったゲストハウスの会員になったことが発端で、恩田さんともう一人の田中敏恵さんはこの東山にあるゲストハウスに宿泊、私は一人、近くのホテルを取った。

一泊二日の三人旅と言っても、その前後に各々の予定が詰まっているので、実質「京都で一緒に晩ごはんを食べる」というのと大差ない。

この日、ホテルにチェックインしたのが夕方で、すでに二人ともゲストハウスにいるというので、見学がてら訪問した。

場所は東山の駅から近い白川《しらかわ》のほとり。白川の澄んだ水がやわらかな日差しを受けてきらきらしている。川面には鴨の家族が憩い、鷺《さぎ》が佇《たたず》む。

思わず立ち止まって、しばし眺めた。

ふいに時間が止まったような感覚。そして川の流れが、ふたたび時も流す。

この白川沿いにゲストハウスが建っていたのだが、まあ見事だった。

古い町家《まちや》をフルリノベーションしたスタイルで、このスタイル自体にはすでに新鮮さもない。しかしその細部へのこだわりの一々の素晴らしいこと。

白木の格子戸を入ると、迎えてくれるのが手斧《ちような》加工の上がり框《がまち》で、その波打つ模様は見て美し、足を滑らせて美しの職人仕事。

そのまま階段を上がって二階のリビングへ。町家独特の細長い区間に段差を設けて、坪庭を見下ろせるダイニング、書斎、リビングと、それぞれは狭いながらも、とにかくどこに座っても居心地がいい。

また、置かれた家具はもとより、棚に飾られた器なども垂涎《すいぜん》の作品ばかりで、なにも高価な品だから良いというのではなく、そこは京都、たとえば骨董《こっとう》の小さな壺《つぼ》に、わざわざ誂《あつら》えたのか、たまたまちょうど良いサイズがあったのか、象牙の蓋がのせてあるというような、手の込んだ遊びがしてあるし、二階から梯子《はしご》でのぼった三階には茶室があって、釜、水指、棗《なつめ》等々が揃っているのはもちろんながら、茶入の仕覆《しふく》はおそらく古い辻《つじ》が花《はな》。

食事に出かける前に、ほんのちょっと見学させてもらうつもりが、その一々に三人で「ほう」「へえ」と食いつくものだから、気がつけばすでに日は落ち、外は真っ暗。

慌てて、今回のメインイベントである夕食へと向かった。

向かったのは、室町にあるこちらも老舗料理店のセカンドライン。

この日のお目当ては、なんといっても間人蟹《たいざがに》で、本来、蟹料理は本店でしか扱わないらしいのだが、無理を言ってこちらで出してもらった。

この間人蟹だが、京都はもとより関西地方では知らぬ者はおらぬブランド蟹ではあるが、東京を含め、他の地方でこの漢字をさらりと読める者はよほどの食通ではないだろうか。ちなみにズワイ蟹の一種で、京都は丹後《たんご》の間人港で獲れる蟹のことをいうらしい。

さて、この日、白木のまな板にのった間人蟹の見事だったこと。

その体は、薄いピンクとでもいえばいいのか、まさに山々を青く染める京都の朝焼けのようで、長い手足にどっしりとした体つきは、恩田さん曰《いわ》く、まさに「蟹のアスリート」。

しゃぶしゃぶ、茹《ゆ》で、焼き、と、三人で一匹をペロリと堪能したのだが、その身の引き締まって旨いこと、ポン酢どころか塩もいらぬ甘さだった。

あまりの旨さに、食事に専念していたのだが、板場をぐるりと囲んだカウンターはいつの間にか満席となっている。

たまにこういう店に来ると、我ながら下世話だと思うが、どうも他の客たちの様子が気になってくる。

カウンターの一番奥に座っているのは、新潟で料理屋を営んでいるご夫婦らしく、板前さん相手に、魚や野菜の仕入れ先に関する話に余念がない。

かと思えば、そのお隣にはTHE接待といった様子のビジネスマンが二人、楽しげではあるが、意地悪な目で見ると、どうせなら彼女とか妻とかと一緒がよかったなーと、その顔に書いてある。

ちなみにそちらがTHE接待なら、そのお隣はTHE京都。

その話し方、飲み方、板前さんとのやりとりなど、どこをどう取っても、京都の旦那さんという老紳士が連れているのは、まるでカウンター席のなか、そこにだけ花が飾られているような芸妓さんである。

どちらにしろ、誰もが食事を楽しんでいる場所というのは、とにかく気が良い。

間人蟹を〆の雑炊まで堪能したあと、ほろ酔いで祇園に向かった。

ここ最近、ちょっとした紹介で、一端《いっぱし》に祇園に知ったお茶屋がある。名前を「井政《いまさ》」というのだが、実はここの女将さんに、現在新聞で連載している小説『国宝』のなかに出てくる祇園の芸妓さんの言葉遣いを教えてもらっているのだ。

書いたものを読んでもらうのはもちろんだが、こうやってたまに座敷に上がり、直接話すのがなにより刺激になる。

この女将さん、「せやし」という京都言葉が口癖である。一緒にいると、とにかくよく耳にする。

当然、最初は意味が分からなかった。

そこで尋ねてみたのだが、使っている女将さん自身も、その意味がはっきりと分からないという不思議な言葉らしい。

ざっくり訳せば、「そうなんだけど……」という具合だろうか。

肯定しながら否定しているような、とはいえ、決して最終的に否定しているわけではないような、なんとも京都らしい言葉なのである。

そういえば、この祇園に君鶴《きみつる》さんという、いい声をした、飲みっぷりの良い芸妓さんがいる。一緒に飲んでいると、何かのお祝いでもしているような気分になる、そんな芸妓さんである。

お互いに映画好きで話も合うし、偶然にも東京での行きつけのバーが一緒だったりと、何かと縁を感じているのだが、去年この『翼の王国』のなかでも、知らぬうちに〝共演〟していた。もちろん私はこの「空の冒険」を執筆、君鶴さんは徳力龍之介《とくりきりゅうのすけ》さんが書かれているコラム「京都の流儀」への〝出演〟だった。

この夜、料理屋の板前さんから聞いたうんちくを、君鶴さんに披露しようとした。

「間人って、なんでこんなヘンな漢字か知ってる?」

ちなみに答えは、聖徳太子の生母間人《はしうど》皇后がこの地に身を寄せた際、自身の名をこの地に贈ったものの、さすがに住民たちも呼び捨てにはできないと、たいざと読み替えたことによる。

君鶴さんに尋ねた瞬間、「あ、そうか。祇園の芸妓さんが知らないわけないか」とすぐに気づいた。

しかしそこはさすが祇園の芸妓さん。

「こないだ、ちょうどそれが書かれた看板、詳しく読んできたところどしたわ」

無粋な客でも嫌な気にさせないのである。

平凡で特別な日

長編小説を書き終える。静かにペンを置き、冷えたシャンパンと葉巻で、一人脱稿のお祝いをする。

ちなみにこれ、スティーブン・キング原作の映画『ミザリー』の主人公であるミステリー作家が行う儀式である。

その後、この主人公はちょっとおかしなファンの女性に監禁され、足首をハンマーで叩き潰されて、彼女の監視のもと、彼女の希望通りのストーリーを書かされるという、非常に悲惨な物語になるのだが、「長編小説を書き終える。静かにペンを置き、冷えた～」の儀式は、なんとも作家っぽい。

長編小説とはいかないまでも、内田百閒《うちだひやっけん》もまた、日々執筆を終えると、シャンパンを嗜《たしな》んでいたらしく、エッセイに「おからでシャムパン」というのがある。当時たいへん高価だった「シャムパン」を、レモン汁をかけた安価なおからをつまみに愉《たの》しむという、なんとも粋な話である。

このように作家というのは、これを書き上げたら、あれもしよう、これもしようと考えながら机に向かっている。

事実、私もそうである。

実は、つい先日、一年五ヶ月にも及んだ新聞連載小説を書き上げた。

小説家なのだから当たり前の苦労だろうと笑われるのを覚悟で書けば、毎日毎日言葉を積み上げていくのは本当につらい。

日々、言葉を探している。

と、書けば簡単だが、もう少し説明すれば、なくしたスマホを毎日探し回っているような感じというか、駅に向かおうとして百メートル歩き、なんか鍵をかけ忘れたような気がして家へ戻り、今度は二百メートル進んで、また戻るような、とにかく「いくら探しても見つからない」「いくら歩いても着かない」を一年以上も繰り返している。

それが「見つかる」のである。「着く」のである。

多少値段が張ろうが、シャンパンや葉巻ぐらい用意したい気持ちはお分かりいただけるのではないだろうか。

ということで、脱稿間近の数日は、「書き終えたら、こんなところ（仕事部屋）からは一刻も早く飛び出してやる！」と息巻いて執筆に打ち込んでいた。

しかし、である。

いよいよその瞬間、最後の一行を書き上げ、「終わった……」と静かに目を閉じたあと、気がつけば、ポカンとしてしまったのである。

書き終えたら、あれもやりたい、これもやりたいと思っていた。

たとえば、旨い鮨で一献とか、シャレたバーで葉巻とか。ただ、あいにく書き上げた時間が夜中だったので、これから出かけるとなると、なかなか開いている店もない。

だったら、それこそ自宅でシャンパンと葉巻でいいやと、とにかくなんでもいいからこの瞬間を祝いたい気持ちはあるのだが、なぜか心に浮かんでくるのが、

「でも、そう大してやりたくない……」なのである。

困った。

祝う気まんまんなのに、やりたいことがないのである。

「とりあえず、無理にでもシャンパン買ってこようかな」と立ち上がってみるが、

「でもなー、シャンパン飲むと頭痛くなるしなー。葉巻なんて咳《せ》き込むだけだしなー」

と、なんだかお祝いというよりも、苦行に近い。

ならばとりあえずシャンパンや葉巻は置いておいて、今、何がしたいか、自問してみる。

「サウナ行きたい……」

素直な気持ちである。

「サウナ行って、マッサージもしたい……」

さらに素直な気持ちである。

「でも、サウナ店内のマッサージは高いわりに当たり外れがあるから、いつも通っている60分2980円のほうがいい。こっちも当たり外れあるけど、外れても2980円だから許せるし、当たったときなんて、万馬券当たったたみたいだし……」

一年五ヶ月（構想期間も入れればもっと）も待ちわびた日なのに、考えていることが普段の肩が凝っている日とあまり違わない。むしろ、普段の肩が凝っている日のほうが、格安料金に対する執着がよほど少ない。

「やだなー」

これじゃ、まったく大作（あくまで自己評価ですが）を完成させた感じがしない。しかし体は正直で、すでにサウナに向かう準備を始めている。

で、向かったのは行きつけのサウナである。

いたっていつもと変わらない。ダメだって書いてあるのに、サウナに漫画を持ち込んでいる者もいれば、やらないって言っているのに、なんどもアカスリスタッフから声をかけられるし、ついでに高温サウナはそう熱くないのに低温サウナが異常に熱いのはいつものことで、お祝い気分からは程遠いけれども、やっぱりなんかここにいると落ち着くわけで、そのままいつも通り、サウナを出て行きつけのマッサージ店へ向かえば、

「はい、いらっしゃい。すぐ大丈夫よ」

と迎えてくれるくせに、どうみてもスタッフより待っている客が多いのはいつもの通りで、こちらも心得ているから、素直に待合の列に座れば、これまたどういうトリックなのか、どこからともなく別のスタッフが現れて、わりと待たずに施術台に案内されるのも普段通り、施術着に着替えてうつ伏せになり、

「当たりが来ますように。当たりが来ますように」

と静かに祈っていると、

「どこが気になる?」

と、背中をグイッと押してくる手のひらの感触に、

「当たった……」

と、なぜかこの一年五ヶ月の苦労がすべて報われたような気分にさせられて、

「特に肩と首が凝ってて……」

　そう答えながらも、

「……今日、ちょっと長くかかってた大きな仕事を終えたばかりで」

と付け加えた日本語が、顔も見えぬスタッフにちゃんと伝わったのか伝わらなかったのか、

「遅くまで大変ね」

　との一言に、高価なシャンパンや葉巻なんかより、よっぽど胸に迫る達成感を味わえたという、今月はなんとも平凡で特別な日の話でございました。

長崎のランタン・フェスティバル

行きつけのサウナでのんびりと過ごし、さっぱりとした気分で外へ出た。

季節はまだ冬、すぐに港からの寒風が吹きつけるが、火照った体には心地いい。

すでに日が落ちたこの港町は、故郷の長崎である。このサウナ、実家からは少し離れた所にあるのだが、そう熱くないドライサウナのわりに、とにかく面白いほど汗が噴き出るので、帰省するたびに訪れている。

普段はサウナの前からタクシーに乗って帰宅する。市街地のサウナから山の中腹にある自宅まで歩くと、ちょっとした登山になる。

だが、この日はなんとなく気が向いて、途中まで歩いて帰ることにした。となると、せっかくだから普段タクシーでは通らない裏道を選びたくなる。

石畳の坂道をのんびりと上り下りしていると、眼下の電車通りに美しいランタンが並んでいるのが見えた。

ちょうどこの時期は旧暦の春節《しゅんせつ》で、長崎市内はランタンと呼ばれる中華風の提灯で飾られている。ちなみにその数、大小合わせて約1万5000個というので、町全体がランタンになったような賑わいである。

実はこの地元の盛大な祭りに、あまり馴染みがない。というのも、元は新地《しんち》と呼ばれる長崎の中華街で、華人の方々が旧正月を祝う祭りとして定着していたのだが、今のように町を挙げての大イベントとなったのは一九九四年かららしく、そのころすでに私は東京で暮らしていたからである。

なので、地元の祭りとはいえ、あまり馴染みがない。

電車通りに出たら、人多いんだろうなー、などと、せっかくのお祭りに水を差すような気持ちで坂を下りていくと、ちょうどそこがイベント会場の公園になっており、舞台を中心に、虎や龍や媽祖神《まそしん》などの巨大なランタンが並び、大勢の観客たちで賑わっていた。

その公園に、「人混み苦手ぇー」などとカッコつけながらも、ついふらりと吸い寄せられたのは、「華麗な皿回しに続きましては、壺回しの演目でございます」と、中国雑技団の舞台が今まさに行われているというアナウンスが聞こえたからである。

ちょうど演目の切り替え時間で、舞台を離れていく客もいたので、その隙あらば前へ出て、気がつけば、わりと舞台に近い場所に立っていた。

始まったのは予告通り「壺回し」という演目である。赤いランタンがずらりと並んだ目映《まばゆ》いばかりの舞台に、若い男性曲芸師が出てくる。手にしているのは、人の顔より少し大きな壺で、軽快な音楽に合わせてその壺をぐるぐると振りまわすと、とつぜんひょいと手を離し、壺が天高くに上がっている間に、自分は舞台で側転し、落ちてきた壺を見事受け取る。

高く上がった壺が落ちてくるときには、見ている方も背筋がゾッとする。なので見事受け取ったときには大喝采である。

続いて曲芸師が持ってきたのは、持ち上げるのも大変そうな大きな壺である。それを全身を使って振りまわし、やはりひょいと宙に浮かべて、今度は自分の首と背中でキャッチする。

壺も大きいし、受け取った曲芸師の膝が震えている姿をまぢかに見れば、その壺の重さも伝わってくる。

たびたびこのコラムでも書いているが、昔からこの手の雑技団やサーカスが大好きである。

中でも、長崎のランタンフェスティバルで見た中国雑技団のような演目がとにかく好きで、持論だが、こういう芸というのは素朴であればあるほど、なぜか心が掻《か》き毟《むし》られる。すごいと思う反面、どこか切ない気持ちにさせられるのだ。

実はついこの間も、お台場にシルク・ドゥ・ソレイユの公演を見に行った。こちらは長崎ランタンフェスティバルの素朴な曲芸とは正反対の、ある意味とてもお金のかかった豪華なサーカスで、息を吞むようなアクロバティックな演目に夢中になるのはもちろんなのだが、たとえば、お台場の空き地にポツンと建てられた（派手な）テントとか、そのテントを支える内部の太いワイヤーとか、客席を走り抜ける道化師の衣装の柔らかさとか、そういった様々なものから、雑技団の素朴な曲芸と同じ、人間の体温のようなものもはっきりと伝わってくる。

そして何よりも舞台と客席には目に見えない境界があって、この境界を通して見ると、舞台に立つ曲芸師たちが純朴な若者たちにも、はたまた神様のようにも見えるのである。

結局その夜、中国雑技団の舞台を最終演目まで見てしまった。興奮の観覧とはいえ、そこは真冬の野外、サウナで火照っていた体もさすがに冷める。

それでもタクシーには乗らず、川沿いをのんびりと歩き出したのだから、やはり雑技団の演技に感動していたのだと思う。

この時間、普段は静まり返っている中島川の川沿いも、フェスティバルの期間だけはずらりと飾られたランタンで極彩色の世界となっている。川面にも多くのランタンが映り込み、それはそれは幻想的で、まるで見知らぬ異国に迷い込んだような気になる。

懐かしい音を立てて、路面電車が走っていく。夜風に冷えた石の橋の欄干を、柳の葉が撫でている。

町が美しければ美しいほど、自分が旅行者のように思えた。生まれ育った町なのに、その横顔がとてもよそよそしかった。

などと感慨にふけっているうちに、まさか寂しくなったわけでもないのだろうが、知らず知らずのうちに足が向いていたのは、子供のころから通っている三八ラーメンという店である。

いわゆる飲屋街の細い路地にある店に入ると、ランタンフェスティバルの期間中なので、遅い時間にもかかわらずいつもより混んでいる。

注文を迷っている観光客たちをよそに、カウンターに着き、さも地元の人間然としてメニューも見ずにチャンポンと焼きメシを頼む。

頼んだ瞬間、なぜかまたこの町が遠く感じられた。地元民は地元民のふりなどしないという、至極当たり前なことに気づいて愕然《がくぜん》としたのだ。

それにしても、ランタンフェスティバルというのは長崎らしい本当にいい祭りだと、今回初めて思った。暗闇をぼんやりと照らす提灯からは、雑技やサーカスと同じような、どこか人間の体温のようなものが感じられた。

台湾の親切、日本の親切

久しぶりの台湾である。

このエッセイでも「好き、好き」と言い続けて十数年になるが、今回もまた期待を裏切らない四泊五日の旅だった。

なんと言えばいいのか、とにかく台湾を訪れると、日ごろ自分がいかに他人に対して優しくないかということに気づかされる。

なにも、人とすれ違ったり、出会ったりするたびに、角を突き出しているわけではないのだが、それでも心のどこかに警戒心や猜疑心《さいぎしん》がある。

たとえば、台北《タイペイ》に到着してすぐ、ホテルの近所をぶらついた。すでに日は落ち、街路樹のガジュマルをオレンジ色の街灯が照らしている。季節は春、台湾特有の心地よい夜風が吹き抜けていく。

喉が渇いたので、タピオカミルクティーでも飲もうと、店先に立った。住宅街にポツンとある店で、女の子が一人で切り盛りしている。

メニューを見ると、タピオカミルクティー以外にも美味しそうなものがいろいろとあるのだが、如何《いかん》せん表記がすべて漢字なので選ぶのに時間がかかる。

次の瞬間、背後に気配を感じた。スクーターでやってきたらしい近所の若者が、後ろから覗き込むように立っている。そして、その距離が近い。

となれば、グズグズするな、という無言の圧力なので、こちらも焦る。

「近いなー。気が散るなー」

こちらも無言で睨《にら》み返すが、男はさらに近づいて、真横で一緒にメニューを覗き込む。

さすがに腹が立って、何か言おうかと思った瞬間、

「何、探してますか?」

若者が日本語で聞いてくる。

「えっと、抹茶のタピオカミルクティー的な……」

慌てて答えると、

「それ、これ」

若者がメニューの下の方にある文字をさす。

「大？　小？」と聞かれ、

「じゃあ、小で」

ここまで答えると、あとは若者が店の女の子を呼び、代わりに注文してくれた。そして、こちらが料金を支払い、商品を受けとるまで、今度はちゃんと数歩下がって待ってくれているのである。

「ありがとう」

もちろん丁寧に礼を言って、その場を去った。

まさか、このシチュエーションで後ろの人から親切にされるなんて想像もしない。しかし台湾では、それがある。それも頻繁にあるのである。

こういう感覚を台湾に行くと思い出す。そしてそんな気分で数日を過ごして帰国すると、なぜか自分まで、誰かに親切にしてあげたくなっている。

とはいえ、このような親切な人間が日本にいないというわけではない。つい先日、ふと気が向いて、いわゆる東京の下町と呼ばれるところへ散歩に出かけた。

執筆中の小説の舞台の下見を兼ねての散歩だったのだが、総武線に揺られて数十分、車窓に広々とした河川敷などが見えてくると、それだけで気分が晴れ晴れしてくる。

降りた駅のビルに書店が入っていたので足が向く。品揃えは都心の書店とさほど変わらないのだが、なんとなく気になったことがある。たとえば、狭い書架の間ですれ違うとき、「すいません」ときちんと声を掛け合う人が多いのだ。

いやいや、そんなのどこでも掛け合うよ、と言われそうだが、個人的な経験から言わせてもらえば、都心の書店ではあまり聞いたことがない。

なんか感じのいい町だなあ、と思いながら、とりあえず駅ビルを出た。駅前は、昼間からやきとり屋の白煙でくすぶる商店街になっている。

ブラブラと歩き出してみる。いわゆる個人商店が多いので、新鮮である。途中、思わず総菜屋でコロッケを買うと、その横が某ケータイ会社の店舗だった。

かなり前から仕事部屋のネット環境を変えようと思っているのだが、この手のことに詳しくなく、また、意を決して近所の店舗に行っても、いつも混んでいて気後れし、結果退散してばかりだった。

ふと覗き込むと、幸い、待っている人は0人。すぐにご案内できるとなっている。

なにもこんな遠方で手続きすることもないのだが、混んでいないので、要領を得ない客相手でも丁寧に対応してくれまいかと、思わず中へ入った。

「仕事部屋でインターネットがしたいんですけど」と、まるで覚えたての言語を話すようにたどたどしく来意を告げると、予想通り、とても気立ての良さそうな女の子が、噛《か》んで含めて、こちらが何をしたくて、どうすれば一番安くて便利かを教えてくれる。

「ということで、お客様は、これとこれが○○割引に入っていませんので、これをまとめますね」

「はい」

「それで、こちらの契約をグレードアップ」

「はい」

「そして新たにこのコースでご契約。そうしますと、合計でこれまでのお支払いより毎月二千円ほど安くなります」

「え？」

言われるがままに頷いていたのだが、気がつけば新しい通信機器を契約したにもかかわらず、毎月の支払い額が減っていた。思わず担当の女の子の手を取り、「ありがとう」と握手したくなるほどである。

隣から年配の男性客の声が聞こえてきたのはそのときだった。

「いやー、だからさ、お兄ちゃんのオススメでいいって」

どうやらケータイを買いに来たらしいのだが、自分じゃ選べないので、若い店員のオススメを聞いているらしい。

「と言われましても、お客様が主にどのような用途でお使いになるかで、オススメする機種も変わってまいりますし。たとえば電話だけだとか、メールやラインをなさるとか、ネットで調べものがあるとか」

　たぶんメール以降の文脈は、隣のお父さんには伝わっていない。

「いや、だから、そういうのが分かんねえから、お兄ちゃんのオススメくれって言ってんの」

「えっと、ですから……」

　さっさとケータイとやらを買ってやきとり屋にでも行きたいお父さんの気持ちも分かる。かと言って、やきとり屋でオススメを聞かれているならいざ知らず、ケータイのオススメと言われてもと、人の良さそうなお兄ちゃんが頭を抱える気持ちもまた分かる。

なんか、とってもいい町である。

　夕方の商店街に、架橋を渡る総武線の音が響いてくる。

人前での挨拶、苦手……。

拙著『悪人』がふたり芝居の舞台になった。

十二年も前に書いたものに、こうやって新たな命が吹き込まれると、とても光栄な反面、なぜか作品が自分から遠ざかっていくような感覚もある。

舞台版『悪人』は東京の桜が満開を迎えようとしていたころ、三軒茶屋のシアタートラムで上演された。

舞台は、演出の合津直枝《ごうづなおえ》さんから溢れ出るような情熱を、主演の中村蒼《なかむらあおい》さんと美波《みなみ》さんが全身で受け止め、その声や汗や震えや眼差しで、観客を圧倒する素晴らしいものだった。

本来が群像劇の原作を大胆に刈り込み、たった二人だけのシンプルな舞台で、純粋かつ密度の高い愛を表現できたのは、合津さんの脚本の完成度はもちろんながら、中村蒼さんと美波さんの双方が、主人公たちの孤独感と慈愛をすでに持っていらしたからではないかと思う。

そういえば、劇場にはいろんな世代のお客さんがいらしていた。小説や映画でこの作品を知っている方もいれば、どう見ても、この作品がありがたいことに話題となっていた当時はまだ子供だったのではないかと思われる若い人たちもいる。

上演が終わり、楽屋に挨拶へ伺おうと劇場のホールで待っていると、

「すいません、吉田修一さんですよね?」

と、若い女性客に声をかけられた。

原作者がいたことに少し興奮しているらしく、

「毎日、来るんですか?」

と、目を丸めている。

「いやいや、まさか」

一緒に写真を撮ってくれ、というので、喜んでカメラに向かいながら、

「すごく感動しました。最後、涙が止まらなくて」

と感激しているので、

「ですよね? 二人の演技に圧倒されましたよね」

と、互いに興奮気味に感想を述べ合った。

もちろん素直に嬉しいのだが、こういうとき、なぜか自分が書いたはずの作品がとても遠くに感じられるのだ。

その後、楽屋へ伺い、キャストやスタッフの方々にご挨拶していると、初日の乾杯に誘われた。

断る理由もなく、喜んで参加したのだが、皆さんが集まったところで、

「では、乾杯のご挨拶を、吉田先生お願いします」

と、まさかの指名である。

ちなみに、いい歳《とし》をして、この手の形式的な挨拶がとにかく苦手である。ただ、このおめでたい席で、

「いやいや、そういうの、ほんとに苦手なんで」

──と、辞退するのはさすがに大人気ない。となれば、やるしかない。

だが、このような挨拶に慣れた人なら、

「初日おめでとうございます。それでは大変僭越《せんえつ》でありますが、乾杯の音頭をとらせていただきます……」

と、スラスラと決まり文句が出てくるのだろうが、とにかく慣れないので、頭が真っ

白になる。

「えっと……、しょ、初日おめでとう？　おめでとうございます、でいいんでしたっけ？」

思わず隣に立つ美波さんに救いを求めれば、「はい」と優しく頷いてくれる。

「……で、では、初日おめでとうございます。えっと、では、乾杯！」

五歳児たちの誕生日会でも、もっとうまくジュースで乾杯するはずである。

この日、同行していた知人から帰り道にしみじみと言われたのは、

「今度からは、絶対に断った方がいいと思うよ。作家というか、大人としての常識を疑われるから」

という冷たく、かつ的確な忠告である。

この歳になるまで、とにかくこの手の行事から逃げてきた。作家という特殊な職業のため、「人前で話すのが苦手なんですよ」という子供じみた理由が、なんとか今までまかり通っていたのだ。

それでも、これくらいの年齢になれば、どうしても人さまの前で挨拶せざるを得ない状況もある。そんなときは腹をくくってマイクの前に立つのだが、あるときなど、なんとか挨拶を終えて席に戻ると、友人の女性作家がなんだか嬉しそうに近寄ってきて、

「吉田さんって、挨拶下手ですよねー」

と、とどめを刺された。

彼女的には、いわゆる形式的な、「本日はお忙しいなか、またお足元の悪いなか、お集まりいただきまして……」という挨拶が苦手らしく、「吉田さんのは、なんか作家っぽい」と褒めてくれるのだが、本人としては精一杯その形式的な挨拶をしたつもりでいたので気持ちは複雑である。

たとえば、拙著の映画化などで製作発表なるものに呼ばれることもある。ご承知の通り、ホテルの大きな会場の壇上に役者さんたちと一緒に立たせてもらう。その際、なぜか最初にマイクが回ってくるのが原作者なのである。

さすがに最近では事前に、「本日はお忙しいなか……、本日はお忙しいなか……」と念仏のように唱えながら壇上へ向かうのでなんとかなるが、以前は本当にひどかったはずだ。

二十八歳で作家となったが、それまではいわゆるアルバイト生活で、社会人としての基本的なマナーを学んでこなかった。おそらく今、どこかの企業に万々が一でも雇ってもらえても、電話もまともに取れないいんじゃないかと思う。

かといって、いつまでも「人前で喋るのが苦手なんで」なんて、それこそ自意識過剰な中学生みたいなことを言っているわけにもいかない。とにかくこれからは場数を踏んで、慣れていくしかないのかもしれない。

そういえば、今年（二〇一八年）の初め、iPS細胞の山中伸弥《やまなかしんや》教授がレイ・チェンという台湾生まれ、オーストラリア育ちの若いバイオリン・ソリストを迎えて行ったチャリティーコンサートに行った。

山中教授と自分を比べるなどおこがましいにもほどがあるが、このときに基調講演をされた山中教授のお話の上手《うま》いこと上手いこと。関西ご出身のせいか、要所要所に会場をどっと沸かせるオチもあり、実に聞き惚れるような講演だった。

やっぱり今どき、人前に立つとしたら、スピーチの間に一度や二度は客を笑わせないとダメだよなー、などと考えてしまうと、ますますハードルは高くなるが、ここはひとつ腹を決めて、たとえば柳家《やなぎや》小三治《こさんじ》さんの落語を聞いてみるとか、海原《うなばら》やすよ ともこさんの漫才から学ぶとかしてみようかと思う。

というか、このように山中教授だとか、柳家小三治さんだとか、海原やすよ ともこさんだとか、最初から目標設定が高すぎる時点で、やはり大人としての常識がないのであろう。

銀座の夜

年々、銀座が好きになる。

と言うと、そういう年齢なんだよ、との意見には抗えないのだろうが、にしても、年々居心地がよくなるこの感覚はこれまでになく新鮮である。

銀座との出会いは上京したての十八歳のころ、おそらく有楽町マリオンか、シネスイッチ銀座辺りに映画を観にきたのが最初だと思う。

当然、鑑賞後には一杯千円のコーヒーなど飲めるわけもなく、即退散したはずで、高級店が立ち並ぶ大人の街というよりも、自分とは関係のないものが並ぶ他人の街というイメージだったと思う。

その後も銀座には足が向かぬ日々が続く。書店巡りや映画は新宿や渋谷だったし、たまにおしゃれなことをしたくなると、代官山《だいかんやま》や青山界隈に行っていた。

初めて銀座を気持ちよく歩いた夜のことを、実は未だに覚えている。当時すでに三十三歳になっており、その夜、芥川賞を受賞した。

結果の知らせを待っていたのが、銀座一丁目にあるスタア・バー・ギンザだった。世界カクテルコンクールで日本人初のチャンピオンとなった岸久《きしひさし》さんが開いたオーセンティックバーで、当時まだオープン二年目を迎えたばかりの店である。

このスタア・バーで受賞の知らせを受けた。緊張感と解放感を同時に味わうような不思議な気持ちで、担当者たちと乾杯したことを覚えている。ちなみにその後、スタア・バーで待つと受賞するという噂がまことしやかに文壇で流れるようになり、実際、石田《いしだ》衣良《いら》さん、江國香織《えくにかおり》さん、角田光代《かくたみつよ》さん、森絵都《もりえと》さん、桜庭一樹《さくらばかずき》さんと、錚々《そうそう》たる方々が、この店で受賞の知らせを受けており、噂以上の結果を出している。

さて、その夜、このスタア・バーで受賞の知らせを受けたあと、向かったのが丸の内にある東京會舘だった。テレビなどでご存じの方もいると思うが、金屛風《きんびょうぶ》の前で芥川賞と直木賞の受賞者が記者会見する、あれである。

実は受賞の知らせを受けてから、あの記者会見まではほとんど時間がない。スタア・バーで乾杯するとすぐに店を出て、タクシーに飛び乗る。実際、実家の父にだけは受賞を知らせたくて、タクシーに乗る前に一分だけ時間をもらって電話した。

大勢の記者とカメラのフラッシュを前にした記者会見については、正直ほとんど記憶がない。気がつくと始まっており、気がつくと今度は終わっていて、多くの方々からのお祝いの言葉に胸だけがいっぱいになっていた。

記者会見が終わると、次は選考委員の方々に挨拶に向かうのが恒例である。

向かったのは銀座六丁目にあるクラブザボン。水口素子《みずぐちもとこ》ママが切り盛りする高級な花束のような、いわゆる銀座の文壇バーである。

実は、前述した「初めて銀座を気持ちよく歩いた」瞬間というのが、記者会見のあった東京會舘から、このクラブザボンに向かう途中だった。

なにも生まれて初めて銀座の文壇バーに向かっているから気分が良かったわけではない。いや、もちろんそれも理由の一つではあるのだが、実はこのとき昼から何も食べておらず、かなりの空腹で、さすがに耐えかねて、

「選考委員の方々に挨拶に行く前に、ちょっとだけ何か食べさせてください」

と担当編集者の森正明《まさあき》さんに泣きを入れたのだが、ならばと見回した先に、なんと故郷長崎のちゃんぽんリンガーハットがあり、思わず駆け込んだのである。

クラブザボンでは名だたる選考委員の方々がお待ち、となれば、口の中を多少火傷《やけど》しようがお構いなしに麺を啜った。

とりあえず胃が満たされれば人心地はつくもので、夕方から緊張の中で受賞の知らせを待ち、知らせを受けてすぐに記者会見に挑み、続いて選考委員への挨拶という、怒濤《どとう》の只中とはいえ、店を出たときには束の間の高楊枝《たかようじ》である。

そう、このときのんびりと銀座の横断歩道を渡ったときの、なんと気持ちの良かったことか。たまたま故郷の長崎ちゃんぽんというのもよかったのだろうし、なんというか、銀座という街自体から、「おめでとう」と声をかけられたような気分だった。

さて、その後到着したクラブザボンでは、高楊枝などすぐに吹っ飛ぶ緊張である。素子ママや店の女の子たちに囲まれていらっしゃったのは、黒井千次《くろいせんじ》さん、古井由吉《ふるいよしきち》さん、高樹《たかぎ》のぶ子さんという方々である。

黒井さんに選考の様子を伺う、古井さんと乾杯をする、高樹さんが祝って下さる。ああ、本当に受賞したのだなと、このクラブザボンで初めて実感したような気がする。

あれが今から十六年前のことである。

そして実は今年（二〇一八年）、この夜のことが繋《つな》がるような二つの慶事があった。

まず一つめがスタア・バーで、オープン以来、国内外に数多くのファンを持ち、今や世界のバーランキングでも毎年上位に選ばれるという、銀座を、いや日本を代表するバーとなっているのだが、今年の春にオープンとなったミッドタウン日比谷《ひびや》に、その旗艦店が新たに開店したのである。

店内の全長十二メートル、二十人掛けのロングカウンターは圧巻で、なによりこの旗艦店では「パーク・ライフ」というオリジナルカクテルが飲めるのであるが、実はこれ、私が芥川賞を受賞した作品のタイトルである。ありがたいことに岸久さんは十六年前のことを忘れずにいてくれたのだ。

そしてもう一つ、今年はクラブザボンがなんと四十周年を迎え、帝国ホテルでそれはそれは豪華な四十周年パーティーが開かれた。

若輩者ながら、パーティーでは先輩である島田雅彦《しまだまさひこ》さんとともに、素子ママを壇上までエスコートするという大役をいただき、恐縮しつつ参加させてもらったのだが、文壇のみならず、まさに政財界の歴々が四百人近く集まった大パーティーには完全に圧倒された。半藤一利《はんどうかずとし》さんの乾杯で始まり、林真理子《はやしまりこ》さんの鏡開き、続いて辻原登《つじはらのぼる》さんが挨拶に立つ式を賑やかにまとめるのは司会の重松清《しげまつきよし》さん。他にも会場を見渡せば、元首相、現大臣、現知事に、出版社各社の社長たちと、銀座で四十年の底力が見えてくる。

と、とにかくド迫力のパーティーだったが、実はこの日、個人的に一番驚かされたのは、やはり素子ママである。

こんなにすごいパーティーの主役であるのに、いつも店にいるときのママといたって同じだったのである。

素子ママのこの胆力、まさに銀座の女である。

そして逆に言えば、普段の店もまた、ママはこの大パーティーと同じ気持ちで客を迎えていることになる。だからこそ、客はそこに〝銀座〟の夜を見るのである。

すげえ、歌舞伎役者

実はここ数年、とても贅沢な体験をさせてもらっていた。

ことの発端は、朝日新聞で歌舞伎の世界に舞台を借りた長編小説を連載しようと決めたことによる。

とはいえ、歌舞伎界など未知も未知、それこそ歌舞伎役者さんというのは、どこぞの雲間で霞《かすみ》でも食べて暮らしているのではないかというイメージである。

取材をしたいと思っても、どのドアをノックすればいいのかはもちろん、そのドアがどこにあるのかも分からない。

と、途方に暮れているころ、このコラムにも何度となく登場している〝東京の姉〟由美さんから、「智《とも》ちゃんだったら、相談に乗ってくれるかもしれないよ」と言われた。

聞けば、その〝智ちゃん〟がまだやんちゃな学生だったころからの知り合いらしい。

ちなみに由美さんは、歌舞伎からはしばし足が遠のいていたようで、「たしか、ついこないだ襲名して名前が変わったのよ。なんて名前だったかな……」と、かなり覚束《おぼつか》なかったのだが、それでもノックするドアがどこにあるか教えてくれただけでもありがたい。

早速、連絡をとってもらうことにした。その際、この〝智ちゃん〟なる人をスマホで検索してみたのだが、結果が出た途端、その場にいた全員が悲鳴を上げた。

そこには四代目中村鴈治郎《なかむらがんじろう》とある。

「こ、これが〝智ちゃん〟？」

今となれば失礼な話だが、すっかり〝智ちゃん〟呼ばわりである。

黒紋付で襲名の挨拶をしている四代目中村鴈治郎さんの画像を、由美さんに恐る恐る差し出すと、「そうそう。ああ、懐かしい」とは呑気な物言いである。

ということで、あの四代目中村鴈治郎丈との付き合いが始まることになるのだが、なによりもまず驚かされたのが、いよいよ初対面となったその夜、これこれしかじかで歌舞伎の世界を舞台にした小説を書きたいと思っておりまして、と事情を説明すると、なんと鴈治郎さん、「だったら吉田くん用の黒衣《くろご》の衣装作ってやるよ。それ着てれば目立たないから、いくらでも舞台裏見ればいいよ」と言ってくれたのである。

歌舞伎と関わった小説家は数いれど、黒衣となった作家はさすがに聞いたことがない。もちろん酒の席での話だし、もっといえば初対面だし、大変ありがたくも、どこかで聞き流していたところもあった。ただ、数日後に楽屋を訪れると、なんとその場で衣装さんによる採寸が始まり、ほんとうに黒衣を作ってくれたのである。

すげえ、この人。すげえ、歌舞伎役者。

品はないが、このときの正直な気持ちがこれである。

そして、黒衣がいよいよ完成の運びとなったその日から、冒頭の、数年に及ぶ〝とても贅沢な体験〟が始まるのである。

初めて黒衣を着たのは、真夏の大阪「松竹座」だった。

一言で黒衣といっても、股引《ももひき》、腹掛《はらがけ》、手甲《てこう》に頭巾《ずきん》と、初めて手にするものばかりである。楽屋の隅でお弟子さんの翫祐《かんゆう》さんに教えてもらいながら、恐る恐る着てみると、なんだか似合ってなくもない。

こう見えて、実は昔から変身ものが嫌いではない。昨今流行のコスプレとは違うが、たとえば旅行先などで衣装体験コーナーなどがあると、ついやってしまうことがある。もちろん仲間内でのノリでだが、すぐに思い出せるのは、故郷長崎にあるグラバー園で海軍将校になったものと、バンコクの写真館でタイの王様風の衣装を着たことであろうか。

とにかく人生初の黒衣は思いのほか楽しくて、実はまだ誰にも言っていないのだが、劇場の舞台裏だけでは飽き足らず、自宅でもこっそりと着てみたりして、この格好でどこまでなら出ていけるだろうかと、我ながら本当に呆れるのだが、玄関からこっそりと出てエレベーターでマンションの一階エントランスまで降りたことがある。

さて、楽屋でちゃっかり黒衣に着替えると、横では鴈治郎丈の支度が始まる。ちなみに歌舞伎役者の楽屋というのは、なんとも良い匂いがするのだが、白粉《おしろい》などの香料はもちろんながら、どうやらその白粉を乾かすための香水が漂っているかららしい。ちなみに鴈治郎丈はラルフローレンをご愛用で、柑橘《かんきつ》系のなんとも爽やかな匂いがする。

化粧が終わるころになると、衣装さんがやってくる。着付けの大変さはそれぞれの役にもよるが、中でもそばで見ていて一番迫力があったのは、「車引《くるまびき》」という演目の梅王《うめおう》丸《まる》という役の衣装だろうか。

これはもう服を着るというよりも、数人がかりで縛り上げられているような凄《すさ》まじさだった。

衣装が整うと、いよいよ出番である。

楽屋を出るときには、〝合引《あいびき》〟と呼ばれる役者用の腰掛け椅子を持たせてもらい、一丁前に他のお弟子さんたちと一緒に鴈治郎さんのあとをついていく。

どの劇場でもそうだったが、役者たちの楽屋暖簾が並ぶ廊下を抜け、舞台袖へ向かうときには、見学者でしかない私でもなぜか胸が高鳴った。舞台裏の狭い通路、忙しく作業をする大道具さんたち、舞台袖でじっと出番を待つ多くの役者たちの佇まい、そしてなにより本番中のただならぬ静寂。

この薄い書き割りの向こうに舞台という別世界がある。そのことがはっきりと伝わってきた。

舞台袖では、出番の直前まで相撲の話をしている役者もいれば、台詞《せりふ》を繰り返す若い役者もいた。ただ、誰もが一様に、ここから舞台へ出ていくということを、誰かに許されているのが分かる。もちろんその誰かの正体は分からないが、歌舞伎役者たちがその誰かに選ばれた人たちであることが、舞台裏にいると、なによりもはっきりと分かった。

ちなみに舞台がはねると、毎回のように鴈治郎さんと飲み歩いた。東京の歌舞伎座公演の際はもちろん、真夏の大阪、真冬の京都、梅雨の博多に、春は名古屋で、それは楽しい夜を過ごした。

酒の席で、鴈治郎さんは歌舞伎の話をほとんどしなかった。ただ、黒衣で舞台裏を駆け回っているときよりも、鴈治郎さんと一緒に飲んでいると、なぜか歌舞伎というものの本質がはっきりと伝わってきた。

私は鴈治郎さんほど気持ちの良い飲み方をする人を他に知らない。そしてまた、鴈治郎さんほど全国各地の〝夜〟に愛されている人を知らない。

このコラムが掲載される九月には、鴈治郎さんたちはロシア公演があると聞く。残念ながら黒衣としてロシア公演に随行する夢は叶わなかったが、日本はもとより世界中の、まだ歌舞伎を知らない人たちに、〝四代目中村鴈治郎〟という〝気持ちの良い〟役者がいることを、これまで以上に知ってほしいと心から思う。

大人のお遊び

現在、銀座の数寄屋橋《すきやばし》のソニービルが建て替え中で公園となっており、普段はその全貌が見えないメゾンエルメスのビルが一望できる。

ちなみにこのメゾンエルメスは、言わずと知れたラグジュアリーブランド、エルメスジャポンの本社ビルで、建築家レンゾ・ピアノのデザインによって二〇〇一年に建てられている。

壁がガラスブロックで出来ていて、と書いても伝わりにくいと思うのだが、たとえばレンガ造りのビルがあるとして、そのレンガブロックがすべて大きめのガラスだと思ってもらえると、イメージしやすいだろうか。

とにかくそのガラスブロックで出来たビルは、夜になると、室内のオレンジ色の照明が外へ漏れ、まさに「光の塔」となる。

銀座には各有名ブランドの趣向を凝らしたビルが、あちこちに建っているが、個人的には未だこの「光の塔」を超えるものはないと思っている。

さて、ちょうどこの「光の塔」が建って間もないころ、ピュイフォルカというエルメスが扱っている銀食器ブランドのために、ちょっとした掌編《しょうへん》小説を依頼されたのが縁で、以来、いろんなイベントに声をかけていただいている。

なかでも、未だに鮮烈な印象を残しているのは、二〇〇七年に『フェミニテ』と題された映画上映会があり（ちなみにメゾンエルメスの上階には、プライベート映画館がある）、マーサ・グラハムら稀代《きたい》のダンサーたちを記録した短編映画が上映されて、おそらくその前後だと思うのだが、特別プログラムとして、舞踏家の大野《おおの》一雄《かずお》氏がパフォーマンスをしてくれるという大サプライズがあった。

大野一雄氏といえば、言わずと知れた世界的前衛舞踏家で、二〇一〇年に百三歳でお亡くなりになったとあるので、このころ、なんと百歳に近い。

メゾンエルメス内のホールで、観客たちが立っているフロアの床に、自分だけがその身を投げ出して踊る様子は鬼気迫り、上演後、床に伏したままの彼に、誰もが声をかけにいくのだが、その誰もが彼の前にひれ伏したようにして挨拶する姿が、何よりも記憶に残っている。

あのとき、彼が神様だと言われたら、その場にいた人たちはみんな信じたのではないだろうか。

さて、そんなエルメスが今年の夏もまた楽しい催しをやっていた。『彼女と。』と題した一風変わった展示会で、参加者の一人がアクターとして映画に出演し、他の参加者たちはその撮影風景を見学しながら、自らもエキストラとして一つの映画に関わることになる。

こういう大人のお遊びは、とにかく本気でやった方が面白い。

当日、アクター役に当選していた友人でライターの田中敏恵さんと待ち合わせ、会場である乃木坂《のぎざか》の国立新美術館に向かった。そういえば、こちらもガラスブロックの外観である。

まず通されたのが映画会社にある試写室のような場所で、ここでアクター役である田中さんが台本を渡され、説明を受ける。

なんでも演じる役は「作家」らしく、この作家がある一人の女性〝彼女〟を探し求めていく物語だという。

ちなみにこの田中敏恵さん、この手の女優ごっこが大好きである。

本来なら、「ええー、観客が五十人もいるんですか?」「その前でやるなんて恥ずか

しいですー」となるのだろうが、

「分かりました。細かい段取りは現場でいいのね？」

と、余裕のスタンバイである。

いざ始まってみると、この試写室にエキストラという設定の参加者がどっと流れ込んできて、スクリーンでの短い〝彼女〟の映像を見終わると、早速場所を移動しての撮影となる。

最初のシーンは〝彼女〟の友人とのカフェでのシーン。もちろん監督、カメラマン、照明、音声と、スタッフも揃い、相手役の女優さんも監督からの演出を受けている。

さすがの田中さんも、この雰囲気の中に出てくるのは不安だろうと、応援団のつもりで最前列に陣取り、携帯のカメラ片手にスタンバイしていたのだが、なんてことはない。

「私は、ここに座ればいいの？」

「よろしくお願いします」

スタッフにはもちろん、相手役の若い女優さんへの気遣いも忘れない貫禄は、本物の「ベテラン」女優である。

となると、こちらもだんだん面白くなってくるので、携帯カメラでそれこそ本物のカメラマンに負けじと撮影する。

ちなみにこのような撮影シーンが三つか四つあり、そのシーンごとに女優さんや俳優さんが着ている服はもちろん、部屋の小道具や楽屋などに並んだ衣装などもすべてエルメスのもので、参加者は自由に撮影ＯＫなので、この模様が画像や動画となってＳＮＳなどで広がっていく。

一連の撮影が終わったあと、

「花屋のシーンの女優さんが履いてた靴、可愛かったー」

と、田中さんが言っていたので、なるほどよく考えられた楽しい企画である。

そういえば、その夜、ＩＮＵＡというオープンしたばかりのレストランへ行った。このＩＮＵＡ、世界の食を変えたと言われるコペンハーゲンの超革新的レストランｎｏｍａの姉妹店で、なんとＫＡＤＯＫＡＷＡという出版社の最上階にある。なんでも、ＩＮＵＡのヘッドシェフが出版社の上にレストランがあるのは面白い、と出店が決まったらしい。

花とフルーツのサラダ、えのきのステーキ、蜂の子ごはん、といったメニューは、たしかに超革新的で、正直なところ、私のような素人には分かりかねる味や組み合わせなのだが、出版社の上にあるからではないが、あえて名付ければ、まさに食の「純文学」。ギリギリまで彫琢《ちょうたく》された料理は、やはり美しかった。

それにしても、このような贅沢な一日を過ごすたびに思う。腰が痛かったり、目がショボショボしたりはするが、本当に大人になってよかったと。

猫の日々、日々の猫

さて、今月は久しぶりにたっぷりと我が家の猫たちの話でもさせてもらおうかと思っております。

「猫の話と腰痛の話は、年に一回までですからね。旅の雑誌なんですから」と、このエッセイの担当編集者に釘《くぎ》を刺されているという実《まこと》しやかな噂もあったりなかったりなのだが、調べてみると、前回、猫の話を書いたのが昨年の秋なので、タイミングよくちょうど一年ほど空いている。

読み返してみると、前回分は「ネコメンタリー　猫も、杓子も。」というNHKの番組に、我が家の金太郎と銀太郎が出演することになり、それを祝してのエッセイだった。

先にご紹介させていただくと、我が家にはともに来月九歳になる、ベンガルの金太郎と、スコティッシュフォールドの銀太郎がいる。

ざっくりと性格を分ければ、金太郎は好奇心旺盛で活発なくせに、わりとビビりで、逆に銀太郎は普段すっとぼけているくせに、いざとなると悪に立ち向かう。

いや、悪といってもマンションのガラス窓清掃の方とか、たまに迷い込んでくるカナブンなのだが、普段はガキ大将然としている金太郎が一目散に逃げるのに対し、銀太郎は果敢に攻め込んでいく。

窓清掃のお兄さんも（人にもよるが）、そんな銀太郎とガラス窓越しに遊んでくれたりするので、本人は一端に戦っているつもりでも、傍《はた》から見れば、完全に遊ばれている。

そういえば、「ネコメンタリー」への出演を決めた際、天下のＮＨＫだし、うちの子たち可愛いし（親バカです）、この放送を境にすっかり人気猫となり、他の動物番組や雑誌から出演依頼が殺到したらどうしよう……、せっかくだけど、もうネコメンタリーでたっぷり紹介してもらえたから大満足だし、これ以後はすべてお断りしようなどと、先走って心配したり悩んだりしていたのだが、現在までのところ、気持ちいいくらいに一切その手のオファーはない。

いやいや、どうせお断りするんだからいいんですけどね、と、きっと可愛いはずのうちの猫たちを抱きながら言ってみたところで、完全に負け惜しみになっている。

ということで、番組出演以降も、金ちゃん銀ちゃんの日常にはまったくなんの変化もない。

どれくらい変化がないかといえば、このネコメンタリーという番組内で、ソファに座っている私の腹を、銀ちゃんが踏み踏みするシーンがあるのだが、録画しているこの番組を見ていると、同じように銀ちゃんが腹に上がってきて、やはり踏み踏みし始める。せっかくなのでスマホで動画を撮影するのだが、銀ちゃんに腹を踏み踏みされながら、テレビの中で銀ちゃんに踏み踏みされている自分を見るという、なんとも至福な時間が過ごせる。

一方、わんぱくなわりにビビりの金ちゃんも一切変わりなく元気で、誰に狙われているのか知らないが、日夜のパトロールに余念がない。

そして、二匹とも相変わらず、私のそばから離れない。

この金ちゃん銀ちゃん以外にペットを飼ったことがないので、他と比べようがないのだが、よく猫というのは、「呼んでも来ない」とか、ツンデレだとか言われる。

この九年の間、なるほどそんなものか、と、てっきりうちの二匹もそうなのだろうと思い込んでいたのだが、どうもよその子と比べると様子がおかしい。

基本的に、うちの猫は呼んだらすぐに来る。「金ちゃん！」と呼べば、ピーンと尻尾《しっぽ》を立てて、まさに全速力で走ってくるし、銀ちゃんなど、ツンデレどころか、私の膝に腹に肩に頭に、こちらのそのときの体勢にもよるのだが、一番居心地の良い場所を見つけて、デレデレと体を伸ばしたまま、放っておけば、半日でもそうやっている。

しつこく撫でれば離れるよ、と言われて、ものは試しと撫でてみても、逆にグルグルと喉を鳴らして、離れるどころかさらに顔を擦りつけてくる。飼い主に甘えているというよりも、完全に私のことを自分専用のマッサージ付きソファか何かだと思っている。

私も、〝孤独を愛する作家〟であるから、たまには一人で過ごしたい。なので、たまにリビングのドアを閉め、二匹が入って来られないようにしてみるのだが、そんなことをしようものなら、ドアの向こうで世界が終わろうとでもしているのかと錯覚するほど、二匹が声を揃えて鳴くわ暴れるわ、で大変なことになる。

もちろん、すぐにドアを開けてしまう。

開けてやれば、

「え？　私たち、何か騒いでました？」

みたいな顔で澄まして入ってくる。

そういえば、この夏、「ネコメンタリー」の新作が放送されていた。その一本に保坂《ほさか》和志《かずし》さんちのシロちゃんという猫が出ていたのだが、なんと外で飼っている猫ながら、十五年も餌をあげているのに、まだ一度も触らせてもらっていないという保坂さんの言葉が衝撃的すぎて、比喩ではなく、そのとき食べていたゴーヤチャンプルーを喉に詰まらせてしまった。

個人的に、猫という存在の可愛さは、その「重み」と「匂い」だと思っているので、抱けない撫でられない猫をどう可愛がっていいのか、私にはまったく分からない。

しかし保坂さんとシロちゃんは、きっと他の何かで繋がっているのだろう。その何かが私にはまったく分からないので、それがまたなんだか、保坂さんとシロちゃんとの関係を身震いするほど羨ましくさせる。

少し話は逸れるが、もう十五年ほど前、とあるおしゃれなカルチャー誌で、作家五人が集まってモードを着る、という今では考えられないような企画があった。

保坂さんと僕の他には、高橋源一郎《たかはしげんいちろう》さん、島田雅彦さん、阿部和重《あべかずしげ》さんの三名で、たしか僕はプラダだったと思うのだが、それぞれがディオールやグッチなどの服をスタイリングしてもらい、とてもかっこよく写真を撮ってもらった。

あれが十五年ほど前ということは、シロちゃんもちょうどそのころ、保坂さんちの猫になったのだろうと思われる。

プラダを着て撮影したあの日は、もうとても遠い。あの遠い遠い日から今日まで、保坂さんは最愛のシロちゃんにまだ一度も触れていないのだ。

保坂さんは昨年もう一匹の猫を亡くしたと言っていた。亡くしたが、不思議と悲しくなかったと。

取材者が「やれることは全部やったという思いがあるから？」と質問すると、保坂さんは、自分で説明するとそういうことになるのだろうが、と前置きしたあと、「本当にそれだけなのかは分かんないけどね。だから死んでないのかもしんないし。分かりやすく言うと心の中にいるのかもしんないけど、もう少し分かりにくく言うと、本当にいるのかもしんないから」と言っていた。

付き合いが長くなればなるほど、猫って一体なんなんだろうと、日に日に不思議になってくる。付き合いが長くなればなるほど、相手のことが分からなくなり、分からなくなればなるほど好きになっている。

ちなみに、そんなことを考えながらこの原稿を書いている僕の目の前には、使用中のノートパソコンの端っこを枕がわりにして、銀ちゃんがスヤスヤと眠っている。

都心の公園には未来の宝たち

少し枯れた芝生に、紅葉が舞い落ちる。風はなく、日差しはおだやかである。池を見渡すお気に入りのベンチは空席。来る途中に買ってきたカフェオレはまだ熱い。日々の喜びは？　と聞かれたら、仕事の合間に訪れる近所の公園での、こんな一瞬を挙げたい。

公園好きと自称するようになって、もう長い。『パーク・ライフ』という公園好きの青年を主人公にした小説で芥川賞をもらい、ある意味「公園好き」を公認されたのが十六年前とすれば、自称の期間はさらに長く、おそらく十八歳で上京した当時まで遡るかもしれない。

未だに覚えているのは、初めて渋谷を訪れた際、どこをどう歩いても、なぜか最終的に代々木《よよぎ》公園に着いてしまうという経験だ。

本人的には、せっかくの東京、憧れのショップでおしゃれに変身してやろうと思っているのだが、ショップを探して迷っているうちになぜか公園に着いてしまう。道を間違ったのなら引き返せばいいのだが、なんというか、本当になんというか、目の前に広がる驚くほど濃い緑に誘われて、買い物などそっちのけで園内に入ってしまったのだ。

もちろん、その前の月まで暮らしていた長崎の実家からは、歩いて二十分で「市民の森」に行けるのだから、緑が珍しいわけでもない。ただ、なんというか、本当になんというか、都心の緑にはそれまでに経験したことのない魅力があった。

学校が市ケ谷《いちがや》だったので、公園とは言えないが、外堀沿いの遊歩道がお気に入りの場所になった。春は桜並木が有名で、ベンチに座っていると、お堀沿いを総武線や中央線が走っていく。

砧《きぬた》公園、駒沢《こまざわ》公園、蘆花恒春園《ろかこうしゅんえん》、善福寺《ぜんぷくじ》公園、井の頭《いのかしら》公園、小金井《こがねい》公園、新宿中央公園。

考えてみると、これまで暮らしてきた場所の近くには、必ずと言っていいほど、大きな公園がある。

あれはまだ大学生のころだったと思うが、友人と公園を散歩しながら、

「ここから自分が暮らす部屋を選びたいよな」

と話したことがある。

要するに、公園の中からその窓が見えるということは、その窓からもこちらの公園が見下ろせるはずで、芝生に寝転び、周囲を囲む高価そうなマンションの窓々を眺めながら、いつの日かとそんな夢を語ったのである。

社会人になると、都心の公園は絶好のサボり場というか、休憩場所になった。

配送などの仕事をしていた時には、ルート内にある公園の場所を休憩時間に合わせ、広々とした芝生で弁当を広げていたし、営業のバイトをしていた時には、日比谷公園のベンチでどれだけの時間を過ごしたか分からない。

ちなみに、「公園好き」は海外旅行先でも変わらずで、せっかく外国に来たのだから、その土地の名所旧跡を回ればいいものを、台北の「二二八和平公園」にはすでにお気に入りのベンチがあるし、バンコクの「ルンピニー公園」では芝生用のスプリンクラーでずぶ濡れになり、ニューヨークの「ブライアント公園」では木枯らしに凍えながらコーヒーを飲んだりと、世界各地の観光地ではなく、公園に数々の思い出がある。

とにかく、私の「公園好き」は若いころから現在に至るまでまったく変わっておらず、二年ほど前に引っ越してきた現在暮らす町にも、ほどよい距離に美しい公園があり、毎日とは言わないが、仕事の合間にふらりと散歩に出かけている。

こうやって長年、公園で時間を過ごしていると、ほとんど変わらぬ園内の景色のなかにも、時代の流れというものがある。

たとえば、最近よく見かけるようになったのが、お笑い芸人を目指しているのだろう若者たちの練習風景だ。

一昔前ならば、ダンスが主流だった。スケボー片手にやってくるヒップホップ系のものから、女の子たちが数人で踊るアイドルソングなど、ジャンルは様々ではあったが、公園のあちこちでステップを踏む熱心な姿が見られた。

それより以前は、やはりミュージシャン系だろうか。

それらの数がめっきり減ってきたのと入れ替わるように、ここ数年は公園のあちらこちらで、若者たちが漫才やコントの練習をしている。

つい先日も、ベンチに座って、風に揺れる木々を眺めていると、池のほとりで青年二人による漫才の練習が始まった。

いわゆる映画『タイタニック』のポーズというのか、船首で男女が両手を広げて風を受けるという、あの有名なポーズをしきりに練習しているのだが、池を向いてやっているので、内容までは分からない。

ただ、その手の広げ方が合わないのか、オチとのタイミングが合わないのか、見ていて腹が立つほど、同じ練習を繰り返す。

腹が立つのなら、こちらも目をそむければいいのだろうが、見始めてしまったものは先が気になる。

早口での弾丸トークなので、風に流れて、何を言っているのかは分からないが、それでも回を重ねるごとに息が合ってくるのは見て取れる。

十九、二十歳、くらいだろうか。背が低い方はサイズの合わないブカブカの黄色いTシャツのせいで妙に幼く、背が高くてひょろっとした方は服に頓着がないのか、まるで枯れ木が動いているように見える。

ブカブカの黄色いTシャツと枯れ木で、見た目には面白い。

しばらく見ていると、船首でタイタニックのポーズをしているうちに、どうやら二人とも空が飛べるようになる設定らしい。

正直、つまらない。

だったら、ブカブカの黄色いTシャツと枯れ木の線を生かしてほしい。

それでも見ていると、二人が両手を広げて重なったまま、飛行機のように右に左に旋回し始めた。黄色Tシャツの方が、ここに着陸するとかなんとか言っていて、枯れ木の方が何やら着陸できない理由を言っている。

だんだん気になってくる。

テレビならボリュームを上げるのだが、そうもいかない。とはいえ、「聞こえないよ！」と要求するほど厚かましくもない。というか、どうせ客前でやるんだから、池など向かずにこちらを向いてやってほしい。

結果、自らそっと彼らに近寄った。ちょうどいい具合に、彼らのすぐ後ろに座り心地の良さそうな岩がある。

彼らの練習はそれからもずっと続いた。日も傾いてきたので、こちらはお先に失礼する。不思議なもので、立ち去るときには彼らを応援していた。顔とネタは覚えた。いつの日か、彼らをテレビで見ることがあったら、おそらく我が事のように嬉しいと思う。

これもまた都心の公園の楽しみ方の一つである。未来の歌手、ダンサー、お笑い芸人たち。都心の公園には、未来の宝が転がっている。

大阪通いがやめられない

最近、大阪通いが止まらない。

というのも、すっかり「なんばグランド花月《かげつ》」にハマってしまったのである。

きっかけは、『国宝』という歌舞伎役者の一生を描いた小説を執筆した折、主人公の友人に「弁天」という大阪のお笑い芸人を登場させたのだが、この芸人の生い立ちを大阪は西成《にしなり》区にあったという芸人横丁「てんのじ村」から始めることにしたからである。

ちなみにこの「てんのじ村」、戦後から高度成長期にかけて三百人ほどの芸人が暮らし、彼ら大阪芸人の光と影を見つめた場所と言われたりする。

と、この辺りのことを調べているうちに興が乗って、図書館の映像資料やYouTubeで往年の芸人たちの舞台を見るようになった。落語、漫才、奇術に講談。今見ると、これがなんとも新鮮で面白い。戦時中、エンタツ・アチャコという大スターが戦場を慰問した際に見せる野球の漫才など、なんというか、人が笑うということの凄みのようなものまで伝わってきた。

その流れで、古いものから新しいものまで、いろんな芸人さんたちの舞台を観たのだが、中でも最近のものでは「海原やすよ ともこ」さんにすっかりハマってしまった。大阪ではスターだが、東京では知る人ぞ知るという方々で、なんというか、現在テレビでも女性のお笑い芸人の人たちは数多く活躍されているが、彼女たちが「女芸人」だとすれば、この「やすよ ともこ」さんは、紛れもない「芸人」なのである。

手元の映像を見尽くすと、今度は生の舞台が観たくなり、数年前、生まれて初めてなんばグランド花月に行った。以来、大阪に用事があるときはもちろん、それ以外でも通うようになっているのだが、おかげで今ではなんばに行きつけのたこ焼き屋もでき、「吉本新喜劇」はもちろん、メッセンジャーとか、かまいたちとか、特に大阪で活躍されている芸人さんたちも知って、充実した関西お笑い旅行を楽しんでいる。ちなみに吉本新喜劇では「お邪魔死にまーす」というギャグが好きなのだが、最近はあまりやらないようである。

と、なんだか通ぶって書いているが、実はこれまでの人生ではあまりお笑いに縁がなかったと白状する。

とはいえ、一応、世代的には完璧なお笑いブーム世代ではある。

小学生のころは、加トちゃん（加藤茶）の「ちょっとだけよ」とか、『欽《きん》ドン』（『欽ちゃんのドンとやってみよう！』）から生まれたヒット曲を、誰かが真似《まね》たり歌ったりしていたし、世は爆発的な漫才ブームで、誰もが「もみじ饅頭《まんじゆう》！」（漫才コンビ「B&B」のギャグ）と叫んでいたし、中学になるとタケちゃんマン（ビートたけし）で、夜中にはオールナイトニッポン（ラジオ番組）を聴いて、高校時代は仮面ノリダー（「とんねるず」の木梨憲武《きなしのりたけ》）が席巻し、その後、ごっつええ感じ（「ダウンタウン」）とか、めちゃめちゃイケてる（お笑い番組『めちゃ²イケてるッ！』）とかになっていくのだろうか。

と、さすがにお笑いブーム世代なので、こうやって上辺をなぞるくらいならできるのだが、このどれかにハマったかと言われるとそうでもない。いや、もちろんそれぞれに面白かったのだが、

「今日七時から○○の特番だー！」

と、学校から走って帰る同級生たちほどにはハマらなかった。

ということもあって、ここ数年はテレビでもあまりバラエティ番組を見なくなっていた。ちなみにここからは個人的な感想なので聞き流してほしいのだが、最近のテレビで

見るお笑い芸人さんたちがちょっと怖いのである。まるで生活指導の先生とか風紀委員みたいで、僕らのような非常識な小説家など真っ先に怒られそうで怯《ひる》んでしまうのである。

非常識で思い出したが、ついこの間、とある名物編集者が、「原稿の締め切りを守らないって、契約が守れないってことだからね。それを平然とやれる人たちが社会生活に順応できるわけないもん」と作家について言っていたのだが、不甲斐ないながらもたしかにその通りで返す言葉もない。

なんというか、これも個人的な感想なのでさっと聞き流してほしいのだが、作家という人種が集まると、ちょっと凄いことになる。

ちなみに二年ほど前から芥川賞の選考委員を務めているのだが、授賞式の控え室に集まった作家たちの様子をみていて、「やっぱり凄いな」と改めて思った。

凄いといっても、もちろん良い方の凄いではなく、いや、集まっている諸先輩作家たちはもの凄い顔ぶれなのだが、その一堂に集まった作家たちが、なんというか、その場で一斉に自分の話をするのである。

まさに無秩序。そこには一切まとまりがない。もちろん僕自身も含めてだが、誰に気兼ねすることなく話したいことを、自分が話したいタイミングで話す。良く言って、とても自由。悪く言って崩壊である。

自著の映画化などで、たまに製作発表などに呼んでもらうのだが、場所は同じ一流ホテルでも、控え室に集まっているのが俳優さんたちだとまた雰囲気がガラッと違う。こちらは、なんというか、とてもしっかりしている。遅刻厳禁、年功序列という社会性のある厳しい世界のせいか、気持ちがいいほどまとまりがある。身内の恥みたいであまり言いたくないが、こちらが高校生の集まりならば、僕らは幼稚園（？）なのである。

と言うと、各方面から大目玉を喰らいそうなので、言い換えれば、やはりとにかく自由で大らか。時に大らかを超えてしまっているのである。

と、すっかり話が逸れてしまったが、考えてみれば、この自由で大らかな場所というのが、昨今のギスギスした世の中ではすっかり少なくなった。

まあ、劇場内で携帯電話の使用は無理でも、昨今は咳《せき》をしたり鼻水を啜るだけでも冷たい視線を感じることがある。だが、よくよく考えてみると、実はそのギスギス感がないのが「なんばグランド花月」なのかもしれない。

ここではもう赤ちゃんは泣くし、くしゃみはするし、漫才中に平気でトイレに行く客は多いし、とにかくみんな自由なのである。

先日も特別支援学校の子たちが車椅子で来ていたのだが、楽しくなると少し高くなってしまう彼らの声に、最初は周囲の人も目を向けていたが、漫才も二組目になると、あとはもう誰も気にせずに一緒に声を高くして笑っていた。

そんな本来なら当たり前の光景が、ここにはあるのである。

と考えると、なんだか、とても素晴らしいところに思える。

赤ちゃんが自由に泣けて、くしゃみもし、トイレにも行け、自分の好きな笑い方や喜び方ができる場所。そして、そんな自由な客たちを、自身の芸でドンと受け止めてくれる芸人たちが立っている舞台。

なんだか、とても幸せな場所である。ギスギスしていない。今の世の中、ただそれだけで、もう楽園である。

さて、新年といえば初笑い。皆さまも、自分の笑い声、隣にいる人の笑い声、そして誰かの笑い声を、聞きに行ってみてはいかがでしょうか。

新しき年の始めの初春《はつはる》の
　けふ降る雪のいや重《し》け吉事《よごと》

おまけ
拝啓　金ちゃん銀ちゃん

まず銀ちゃんが我が家へやってきた。銀色だから銀ちゃんではなく、銀座からきたから銀ちゃんだった。

初めてうちにきた日、銀ちゃんは、ソファで寝ていた私の腹の上に這《は》い上がってくると、そこでスヤスヤと寝息を立てた。

まだ本当に小さくて、手のひらにのるくらいで、そして、とても安心していた。世の中の何もかもを信じきっているような寝顔だった。

二週間後、今度は金ちゃんがやってきた。金色だから金ちゃんなのだが、実は錦糸《きんし》町《ちょう》からきた猫でもある。

初めてきた日、金ちゃんは一晩中、鳴き続けた。抱こうとしても暴れ、餌も食べず水も飲まず、ベッドの下から出てこなかった。とにかく一晩中、悲しげな声で鳴き続け、世の中の何もかもを信じるものかと、その小さな体で必死に訴えていた。

それでも君たちがいる暮らしというものが当たり前になるのに、そう時間はかからなかった。

君たちに教えてもらったことも山ほどある。

まず、昼寝がそうだ。

実は、君たちがくるまで私は昼寝が苦手だった。昼寝をすると、なぜか必ず頭が痛くなった。それが今では、昼下がりに川の字で寝るのが日常となっている。春はひなたで、夏は扇風機にあたって、秋は毛布にくるまり、冬はストーブのまえに寝転んで。こんなに幸福な時間があることを教えてくれたのは君たちだ。

考えてみれば、君たちと暮らし始めてもう七年になる。七年にもなるのに、私はまだ君たちのことがまったく分からない。

何を考えているのか、楽しいのか、退屈なのか、そして、ちゃんと幸せなのか。

だけど、君たちのことを分かったふりをすることはやめておこうと思う。お互いに分かり合えないまま一生を共にするなんて、なんだか分かり合えている間柄よりかっこいい。

そういえば、私には一つ自慢できることがある。それは、まだ君たちに一度も嘘《うそ》をついたことがないということだ。

白状すると、そんな相手は君たち以外には誰もいない。

人間、生きていれば、好きでもないのに好きだと言ったり、飲みたくもない酒を飲んだり、泣きたいのに我慢したり、そんなことばかりやっている。嫌いな人にはもちろん、愛している人にだって嘘をつく。

たぶん、私はこれからも君たちに嘘をつくことはない。そんな関係で一生を終えられるのは、きっと君たちだけだと思う。

金ちゃん、銀ちゃん、

いつも正直でいてくれてありがとう。

いつも正直でいさせてくれてありがとう。

初出

『翼の王国』　二〇一六年十一月号～二〇一九年九月号

「拝啓　金ちゃん銀ちゃん」

ネコメンタリー　猫も、杓子も。　～吉田修一と金ちゃん銀ちゃん～

『NHK　ネコメンタリー　猫も、杓子も。　もの書く人のかたわらには、いつも猫がいた』（河出書房新社、二〇一九年）所収

集英社文庫

ぼくたちがコロナを知《し》らなかったころ

2023年８月30日　第１刷　　定価はカバーに表示してあります。

著　者　吉田修一《よしだしゅういち》

発行者　樋口尚也

発行所　株式会社　集英社

東京都千代田区一ツ橋2-5-10　〒101-8050
電話　【編集部】03-3230-6095
　　　【読者係】03-3230-6080
　　　【販売部】03-3230-6393（書店専用）

印　刷　図書印刷株式会社

製　本　図書印刷株式会社

フォーマットデザイン　アリヤマデザインストア　　マークデザイン　居山浩二

ISBN978-4-08-744557-2 C0195